Mama Kakuma
ママ・カクマ
自由へのはるかなる旅

石谷敬太 編
石谷尚子 訳

評論社

はじめに

　本書は、国境を越え、異境の地で暮らすときに誰もが直面する不安や恐怖を、日常生活の中で毎日のように経験してきた人々が書く詩のドキュメンタリーです。彼らは「難民」と呼ばれています。

　1951年の「難民の地位に関する条約」では、難民とは「人種、宗教、国籍、政治的意見やまたは特定の社会集団に属するなどの理由で、自国にいると迫害を受けるかあるいは迫害を受ける恐れがあるために他国に逃れた人々」と定義されました。ところが、「難民」というのは、そのはるか前、「現代国家」が生まれる前から、いや、人類の歴史が始まったころから事実上存在していたはずです。つまり、そうした長い歴史の中で、彼らは突然「難民」と定義づけられ、国際保護の対象となったわけです。編者がここで強調したいのは、保護された難民の人々自身はその体験を口にする機会を与えられず、それまでと同じように孤独に生きてきたという側面です。

　冷戦構造が崩壊した近年、民族紛争によって流出する膨大な数の難民は世界的に注目を浴び、その姿は、国際機関やマスメディアを通して遠く離れた私たちのもとにも伝わってきます。それらの報道を見て気づくのは、膨大な「難民」の数とともに、彼らが無防備で無力な人間だということが一貫して強調されている点です。貧困、飢餓、病気に苦しむ「難民」、故郷や家族を失って絶望する「難民」、そして「私たちの国連」から基本的人権を守られている「彼ら難民」。その「惨めでかわいそうな存在」は、同じ人間の一人として私たちの心を深く痛めます。

　しかし、これらの難民像が、果たして彼ら一人一人の本当の姿なのでしょうか。彼らは、国境を越えた先で待ち受けていた国際援助機関に、本当に守られているのでしょうか。そうでなかったとして、彼らがそれ

を私たちに伝える現実的な手段はあるのでしょうか。一方的に報道される彼らは、向けられたカメラをただ無言のまま見つめているだけで、答えてはくれません。本書は、そんな彼らが「無言の壁」を自力で越えようと書き続けてきた詩を読者の方々に直接お届けするべく、出版に至ったものです。

　詩の舞台は、ケニア北部の砂漠地帯にあるカクマという難民キャンプです。カクマ・キャンプは、東アフリカ地域8ヵ国の戦火を逃れた難民約6万5000人を保護・収容するため、1991年に国連難民高等弁務官事務所（UNHCR）が設立しました。

　1995年に国連の主催するプログラムに参加してカクマを訪れた青年たちは、難民の人々が自発的に書く詩を発見し、帰国後、オーストラリアで出版を実現しました。これが、カクマの詩集の第一弾です（日本語訳は『傾いた鳥かご――アフリカ難民達が綴る詩と物語』わかちあいプロジェクト：1998年）。それから5年後、カクマ・キャンプへ2ヵ月間滞在する機会を得た編者は、出版されることなく保存されていた英文詩が約100編あることを知り、「日本で第二弾を出版してはどうか」と作者たちに提案してみました。彼らと相談を繰り返した結果、「できるかぎり、援助機関を通さずに自分たちでやりたい」ということで意見が一致しました。また、編者は彼らの協力のもと、「日本の読者に声を伝える」ことを目的にキャンプ全体に公募を出し、さらに300編ほどの詩を集めました。本書に掲載されているのは、こうして集まった400編にもおよぶ多種多様な詩の中から選ばれた47編です。

　読者の方々と作者をつなぐ編集・翻訳の作業には2年間の月日を費やし、詩の意味が作者にとって不本意に変換されないよう細心の注意を払ってきました。まず、詩はキャンプ内で唯一の共通語である英語で書かれていますが、英語は彼らの母国（部族）語ではありません。それを日本語に訳したわけですから、作者と読者の間には複数の言語・文化が横

たわっています。編者は、詩の誤った解釈をできるかぎり避けるために当初から作者自身に詩の説明をしてもらい、また2001年には、作者の追跡調査、詩の解釈についての個人インタビューを行いました。

　しかし、壁をすべて越えようとする限界と、そうすることの押しつけがましさを痛感したため、詩はすべて英文を併記することにしました。さらに、作者一人一人の簡単なバックグラウンドと出身国の情報を加えて、詩を補足するものとしました。作者名は英語のみとし、年齢は2000年時で統一したため、必ずしも詩を書いた時点のものではないことをご了承いただきたいと思います。

　冒頭で難民の歴史的背景についてごく簡単に触れましたが、編者はここで、「難民」の新しいイメージを意図的に創り上げようというつもりはありません。逆に、彼らのことをよりよく理解しようとするなら、私たちの脳裏を無意識に支配している「彼ら難民」のイメージから私たち自身を一時解放することが大切だと思っています。読者の方々が彼らの詩を読むとき、心の中に一つのスペースをあえて「開いたまま」にしておいていただければと願います。

　文化人類学者のエドワード・サイードは、その著書『オリエンタリズム』の中で、「いったん支配の想像力から解放されれば、我々は皆難民である」とまで言っています。彼の言葉に示唆されるように、グローバル化する世界の中で私たち自身も「難民」のごとく葛藤することになるかもしれません。もしそうだとすれば、本書に書かれた詩の奥に潜む矛盾や「欠けている言葉」が、私たち自身の奥深くにある心のスペースに、共有できる何かを投射してくれるのではないかと期待しています。

　なお、本書の印税は、彼らの文化活動を支援するため、編者の責任においてすべてカクマ・キャンプへ返還されることとなっています。

　　　　　　　　　　　　　　　　　　　　　　　　　　　編者

目次

はじめに　1

Displacement 喪失

Misery　12
悲嘆

What Is Meant By Earth?　16
大地って何なのさ？

If　20
妄想？

It Could Have Been A Lonely Night　22
寂しい夜のはずだった

The Huge Oak　26
樫の大木

What A Fate?　28
運命はどうなる？

Nothing Pleases Me　32
やなことばっかり

Out Of My Will　38
希望も聞かれずに

Break The Silence　42
沈黙を破ろう

Suffering Bear Hopes　46
苦しみは希望とともに

Asylum 収容

Never Experienced Before　50
こんな体験をするとは

The Voice That Gets You Nowhere　56
届かない叫び

Gun Men The Refugee Pest　64
ガンマン、難民の敵だ

Listen　66
聞いてください

Horizon　70
地平線

Pen And Paper　78
ペン・アンド・ペーパー

Dog's Life　82
のら犬の暮らし

Laughter　88
わらい声

To Me Secret　90
私には何もわからない

Mama Kakuma　92
ママ・カクマ

Suffering 苦悩

My Inalienable Rights Violated　110
かけがえのない権利を侵害されて

Abhorrence Of Shame　114
蔑まれるのはごめんだ

Could I ?　118
話していいのか？

A Dwarf Man On The Globe　120
地球儀の上の小さな細工師

Faithful Purchase　122
信用して買ったのに

His Hero　126
彼のヒーロー

The Original Identity   128
本当の自分

What Is love?   130
愛？

All About Life   132
男の一生

Euthanasia   134
安楽死

Where Am I?   136
おれの居場所は？

Mammy   142
マミー

The Element Of Education   146
教育の力

Past Whispers   148
過ぎ去った日々のささやき

Love Is One   152
愛はひとつだけ

Request In Vain   154
むなしい叫び

The Forgotten Refugee Child   156
忘れ去られた難民の子

Who Am I?   160
いったい俺は誰なんだ？

When Shall I See Home Country Again?   162
もういちど祖国を見られるのはいつ？

Yearning 切望

The War   166
戦争

Homesickness   170
ホームシック

Buchi　172
ブッチ

De-programming Lives　176
プログラムの削除

Hoping For The Future　180
未来のために

My Dream　184
僕の夢

Yearning　186
切望

Tip Of Inspiration　190
ささやかな予感

Contexts 背景

Kenya ケニア　194

Sudan スーダン　197

Somalia ソマリア　198

Ethiopia エチオピア　200

D. R. Congo コンゴ民主共和国　201

編者あとがき　203
訳者あとがき　212

本文中に掲載の写真は、詩の作者等とは関係ありません。
（撮影：青山絵里子、秋山博紀、石谷敬太、宮下由香、カクマ難民文芸クラブ）

装幀
川島 進（スタジオ・ギブ）

ママ・カクマ

自由へのはるかなる旅

石谷敬太 編　石谷尚子 訳

評論社

カクマ難民キャンプの全長は 12 kmにおよぶ。スーダン難民だけで少なくとも 39 の部族があるという多部族キャンプである。上の写真がほぼ一つの部族コミュニティーの大きさにあたり、棘のある草木で囲んだ敷地一つ一つに、10 人～20 人から成る複合家族が住んでいる。

Displacement

喪失

Homelands 故郷
東アフリカは古来よりいくつもの王国が発達した地域であり、文化が部族ごとに維持されてきた地域でもある。「故郷」とは、それぞれの民族、部族、言語、宗教などによって多様で複雑な意味を持ち、必ずしも国家としての「祖国」を意味しない。

War 戦火
東アフリカは19世紀後半よりヨーロッパ諸国の植民地支配を受け、1950～60年代の独立の際、「現代国家」が誕生した。人工的に引かれた国境線が最大の要因で、多くの東アフリカ諸国は紛争を体験、大規模な内戦へと発展してきた。

Flight 越境
戦争が突然身近に迫り、人々は住みなれた土地、文化の境界線を越えて脱出することを強いられる。身を潜めながら何百キロも徒歩で移動する道のりでは、多くの人々が病気、飢餓、戦闘で命を落としていったという。

Misery

Binena Michael

It was a night,
Night full of lights,
Lights of weapons,
Weapons never seen.

Then after crash,
Crash between forces,
Forces of antagonists,
Antagonism of persons.

What to do?
To flee, flee and flee,
Leaving slippers, clothes,
Parents, relatives
To an unknown area, place,
Environment, country.

Today a refugee,
Refugee separated from his,
His parents, his family, his own.

As a soldier in a war,
War in another area,
I am in it,
It, full of pains.

悲嘆

Binena Michael

コンゴ国籍、男性、28歳。キンシャサ大学でマネージメントを専攻していた。1999年にカクマへ。2000年7月にカナダへ渡り、大学で学んでいる。

夜だった
夜、ライトで埋めつくされた夜
ライト、武器のライト
武器、姿をかくしている武器

やがて、すさまじい音
音、武力と武力がぶつかる音
武力、敵対する武力
敵、人間と人間が敵に

どうしよう？
逃げろ、逃げろ、逃げろ
置いて行け、靴も、服も
両親も、親戚も
見知らぬ地方へ、土地へ
風土へ、国へ

今日、難民になった
両親と、家族からはぐれた
自分とさえはぐれた

兵士になって戦争へ
戦争、見知らぬ土地の戦争
戦争にまきこまれた
戦争、苦悩に満ちた戦争

Rejected by all,
All know why,
I am accepted by one,
One known by all.

Free education,
Education for the future,
Future uncertain,
Uncertain but sure.

So, why troubles?
Troubles among persons,
Persons, images of God.

So, why misunderstanding?
Misunderstanding among persons,
Persons, human beings.

Stop
Mistrust, misunderstanding, corruption, conflict.
Call for
Tust, understanding, co-operation.

Seek peace,
Seek peace,
    peace,
        peace ...

排斥された、みんなから
みんな、理由を知っている
わたしを受け入れてくれる国
国、みんなが知っている国

自由な教育
教育、未来に向けた教育
未来、定まらない未来
定まらない、でも確実にくる未来

それにしても、なぜ紛争が？
紛争、人と人の紛争
人、神に似せてつくられた人

それにしても、なぜ誤解が？
誤解、人と人の誤解
人、人間

やめろ
疑うのは、誤解するのは、不正行為は、いがみ合うのは
取りもどせ
信頼を、理解を、協力を

追い求めよ、平和を
追い求めよ、平和を
　　　　　　平和を
　　　　　　平和を………

What Is Meant By Earth?

Agok Michael

It was some loon of mine
To accept what was to happen
And not what will happen.
"Oh, Dear ladling, would you mind coming to sight?
 I have a pair of breasts all drown with milk;
 A good name for you; a bright-alpha-plus world this is——"
Mum had bargained

It was some loon of mine
To give up for mum's compliments
And fostered the name Babe.
"My dear property, take a glad look around.
 The whole of this soil is entirely yours, use it.
 Thirty hectars for your latrine,
 Thirty more for your urine——"
Mum had offered.

It was some loon of mine
To trust mum's sugar-swearing
For it was before Sunday she swore.
"My dear possession, dream and I will fulfill it;
 Eat enough, sleep enough,
 Farm enough, harvest enough.
 You were born here, you will die here——"
Mum had sung.

大地って何なのさ?

Agok Michael

スーダン国籍、詳細不明。

ぼくがばかだった
ささやかれたことを鵜呑みにするなんて
本当に起きることを何も知らないで
「ほら、かわいいベビー、見てごらん？
　お乳が張ってパンパンだよ。
　おまえにはいい名前をつけなくちゃね、この世はピカピカの特等席——」
母さんは約束してくれた

ぼくがばかだった
母さんのお世辞にほだされて
ベビーちゃんと呼ばれて喜んで
「あたしの大切なベビーちゃん、安心して見てごらん
　この土地は、ずっとおまえのもの、好きに使っていいんだよ
　30ヘクタールは便所にすればいい
　別の30ヘクタールで小便をすればいい——」
母さんは気前がよかった

ぼくがばかだった
母さんの甘い言葉を信じるなんて
あれは神さまに誓う前の言葉だったんだ
「あたしの宝のベビーちゃん、どんな夢もかなえてあげる
　たらふくお食べ、心ゆくまで眠るといい
　たくさん種を蒔けば、どっさり収穫があるよ
　おまえはこの土地で生まれたんだ、この土地で死んでいくんだよ」
母さんは歌ってくれた

It was some loon of mine

To hear mum's whole bag of badinages

And now my memories are captured.

"Mum, I am sorry to say it but you are a great Judas.

  You promise me heaven and earth

  But all in planet Pluto.

  No life is smelt in Pluto;

  No distance is reached to it———",

Cried I.

Yesterday they called me a back-bencher

Today I am a wanderer

Tomorrow thy will christen me a refugee.

Now the time is one minute past twelve midnight: I pick on the name.

"Oh! My dear Mum———my gorgeous country:

  Remind me on a thing... what is meant by earth?",

Demanded I.

ぼくがばかだった
母さんの冗談を真に受けるなんて
それなのに、ぼくは思い出にがんじがらめ
「母さん、ごめんよ、でも母さんは、あのユダそっくりだ
　母さんは、大空も大地もぼくのものだと言ったけど
　そんなの冥王星のかなたの話だよ
　冥王星には命のかけらもない
　だいいち、そんなとこ、遠すぎて行けないじゃないか」
ぼくは泣いた

きのう、ぼくは末席につけと言われた
きょう、ぼくはさまよえる旅人になった
あす、ぼくに難民という名が与えられる
いま、深夜12時を1分まわった、いま、ぼくにその名がついた
「ああ！　ぼくの大事な母さん──ぼくのすばらしい祖国
　ぼくに教えてくれよ……大地って、何なのさ？」
たのむ、教えてくれ

If

Deng de Malual Kuis

It's at dawn and dusk.
I always stay totally alert
Famously these hours are likely
For surprise attack of the enemy.

It's at the sun light.
I feel relief for the light
For I perceive my rout
Few things can be risky.

It's time for breakfast.
I use a right amount
A fox can tell you why
Finally that's for your day safety.

It's a journey on foot.
I commence late at dusk
For risk of deadly thirst.
Freely, I shorten the journey.

It's a time of bombardment.
I pit myself like a rat.
Frantically for a whole day
Fatally this is not airy.

妄想?

Deng de malual Kuis

夜明けと日暮れどき
ぼくはいつも身構える
うわさではこの時間帯に
敵の襲撃が起きるそうだ

太陽が輝いている間だけ
ぼくは光のおかげでほっとできる
不安はぼくの妄想だったんだ
もうほとんど危険はない

朝食の時間
きちんと食べる
そのわけはキツネでも知っている
これを食べて、何としても生き残らなければならないから

歩きまわるのは
夕暮れ近くをえらぶ
喉がかわいて死にそうになるのを避けるため
無理はしない、ぼくは早めに休む

砲撃開始
ぼくはネズミのように逃げまわる
恐怖で気が狂いそうな一日
これは決して妄想ではないのだ

スーダン国籍（アッパー・ナイル・ヌエール族）、男性、24歳。村の小学校でアラビア語による教育を受けていたが、戦闘が悪化し、学校は閉鎖。1987年、エチオピアのパニイド・キャンプへ避難し、小学校から英語でやり直す。'92年に一時帰国。6ヵ月過ごすが、戦闘状態のなか、孤児となり、ケニア国境まで徒歩で避難。カクマに運ばれた。カクマで中学校を卒業。KCPE（カクマ初等教育修了：Kakuma Certificate of Primary Education）テストに合格し、高校入学が決まっている。

It Could Have Been A Lonely Night

Paul Puok Kier

It could have been a lonely night
But the tree and shade hared a common greenness;
    I met an old woman
    Talking by herself
    Down a lonely road.
    Talking all by herself
    Down a refugee road.

It could have been a tearful night
But the teasing shadow shook with laughter;
    Child, you can not know
    Why folks talk alone.
    If the road is long
    And travelers none,
    A man talk to himself.

It could have been a poor night
But the moon showered a million sequins;
    If showers of sorrows
    Fall down like arrows
    The lone wayfarer
    May talk by himself.

It could have been a fearful night
But the gentle parrot sang of safety;
    So an old woman

寂しい夜のはずだった

Paul Puok Kier

スーダン国籍、男性、21歳。1987年に故国を脱出。父親は死亡し、母親と兄弟はスーダンに取り残される。'92年にカクマへ。ここで中学校教育を受けながら、平和教育のワークショップなどにも参加している。現在、アメリカ合衆国政府による「ロスト・ボーイズ」といわれるスーダン難民の孤児再定住計画に申請中。

寂しい夜のはずだった
でも、木の葉も木陰もあいかわらず緑だった
　　　おばあさんが
　　　独り言をいいながら
　　　寂しい道を歩いていった
　　　ずっと独り言をいいながら
　　　難民の道を歩いていった

涙にくれる夜のはずだった
でも、ふざける影が笑ってふるえた
　　　子どもたちにはわからないだろう
　　　どうしてみんな独り言をいうのか
　　　道のりがとてつもなく長いとき
　　　そして道連れがいないとき
　　　人は独り言をいうんだよ

貧しい夜のはずだった
でも、月の光が無数のスパンコールを降らせてくれた
　　　悲しみの雨が
　　　矢のように降ると
　　　ひとりぼっちの旅人は
　　　独り言をいうんだよ

恐ろしい夜のはずだった
でも、やさしいオウムが「ご無事で」と歌ってくれた
　　　だからおばあさんは

>On the refugee road,
>Laughing all the time,
>May babble herself
>To keep tears away.

It could have been a trouble night
But the unruffled waters speak of peace;
>Woman, you are sad
>This the same with me.

難民の道を
　　ずっと笑いながら
　　なにやら言っているんだよ
　　涙がこぼれ落ちないようにね

やっかいな夜のはずだった
でも、静まりかえった砂漠の湖が「仲良くしろよ」といってくれた
　　おばあさん、あなたは悲しんでいる
　　悲しいのは、私だって同じなんだよ

The Huge Oak

Sileshi Wordofa

As time goes
As my age flies
By the time I felt tired
Exhausted
To go ahead
What I found is
A tree,
With many branches, and leaves
Standing along.
Where no other trees
As I am burnt a lot
By the strong sun heart
I expected
To have a shade
To rest a bit
Under it.
The huge oak!
Shady it seems
When seems from a distance
But no shade
Even if I expected it
To rest a bit
Under it
The huge oak!
With many branches, and leaves
For itself it stands.

樫の大木

Sileshi Wordofa

エチオピア国籍。詳細不明。

時がたち
空しく年齢を重ねるうちに
とうとう僕は疲れを感じるようになった
へとへとになりながら
歩き続け
ふと気づくと
一本の木がある
枝を四方に広げ、葉をびっしりつけて
その木はすっくと立っている
一本だけすっくと立っている
長時間
焼けつく太陽にさらされていた僕は
助かったと思った
木陰で
体を休めることができる
あの木の下で
樫(かし)の大木！
涼しそうな木陰に見えた
遠くからは木陰に見えた
しかし、木陰はなかった
助かったと思ったのに
体を休めることができると思ったのに
あの木の下で
樫の大木！
枝を四方に広げ、葉をびっしりつけて
人を寄せつけずにすっくと立っている

What A Fate?   Mohamed Ali Ahmed

Tough and powerful men in playing chess
On their open air
Moving train compartment
Once their game got hotter
Hotter and bitter, which rose them to them
In that past sunny day
Which way they were heading
Neither could know
Where they intended to go
Neither could tell
The outcome of the game
Neither could feel.

They drove and drove till it drove itself
To derail and crush continually
Without on rail, it ran and run
Uncontrollable, in an increased speed
What a fate for it?

In the game, he set his, to kill him
And him set his, to finish him
At all costs, he shot his
And his shot his unceasingly
Here and there, in rustic, in farmland, in towns in cities
From the sea to the land, and to no man's land
And in everywhere, but he is saved still, and him the same

運命はどうなる?

Mohamed Ali Ahmed

ソマリア国籍、男性、32歳。大学生だった。1991年にカクマへ。中学校の教師を務め、文芸クラブに所属。ソマリアへの帰還を待っていたが、体調を崩し、ナイロビの病院に運ばれた。「過去の避難の経験は、キャンプ生活で繰り返したチェスのゲームのようだ」。

たくましく頑健な男たちがチェスをしている
窓を開け放ち
止まることのない列車のコンパートメントで
ゲームに熱がこもる
激しく、厳しく互いに競（せ）り合う
あの夏の日
彼らはどこを目指しているのか
誰にもわからなかった
彼らはどこに行くつもりなのか
誰にもわからなかった
あのゲームの勝敗はどうなるのか
誰にも予想がつかなかった

彼らは延々と乗り続け、やがてとうとう
脱線、続いて衝突
脱線したまま走りに走り
もはや制御できずにスピードは増すばかり
あの列車の運命はどうなる？

そのゲームで彼は心を決める、ヤツを殺そう
ヤツも心を決める、アイツにとどめを刺そう
なんとしても、ヤツを打ち負かしてやる
彼らは戦う、休みなく
ここであそこで、田舎で畑で、町で都会で
海から陸へ、そして地の果てまで
いたるところで、それでも彼らは生き延びる

No one won the game, and no one is willing
It is moving to and fro
And vice versa
Deterioration
What a fate for him?

The squares in black and white on the game board
As passenger wagons
The bang from the emotional hands hitting them
Is being shaken, mistreated, discoloured, cracked
Bruised, dislocated, dispersed, destroyed
Alas!
It whistles, it cries, it moans
But fall on deaf ears, blind eyes
Though sane and perceiving
What a fate for the content?

ゲームに勝った者はいない、喜んでいる者もいない
あっちへこっちへ動きまわる
こっちへあっちへ動きまわる
事態は悪くなる一方
ヤツの運命はどうなる？

チェス盤の上のたくさんの正方形、黒と白
輸送列車のようだ
興奮した手が彼らをなぐる
震えながら、虐待され、自分を奪われ、八つ裂きにされ
打ちひしがれ、追い出され、散り散りにされ、そして破壊される
ああ！
汽笛の合図、叫び、呻き
聞こえないふりをしても、見えないふりをしても
それでも頭は働く、感じ取れる
運命はどうなってしまうのか？

Nothing Pleases Me
                                    Stephen Kenyi Tongo

Born refugee in a foreign country,
Mother refugee in a foreign country,
Father refugee in a foreign country.

'Am a Ugandan born in Uganda,
Mother a Rwandan born in Rwanda,
Father a Sudanese born in Sudan.

'Am an Anglo phone,
Mother a Francophone,
Father an Arabic pattern.

Common culture nil,
One language zero.
Mother, Father broken English yes,
And me very okay. All.

Me many insults,
In Sudan "You Nyauwanda",
In Uganda "You Anya-Nya/Nyauwanda",
In Rwanda "Kyakuraganda/Anya-Nya."

Worst insults here in Kenya.
You Refugee, 2nd class human being,
Look at it, shut up,
Everything free,

やなことばっかり

Stephen Kenyi Tongo

スーダン国籍を持つという男性、年齢不明。ウガンダの難民キャンプで難民として生まれる。父親はスーダン国籍、母親はルワンダ国籍。26歳のときにスーダンにもどり、解放戦線に加わる。'91年にカクマへ。「国籍が不明だったことから、どこへ行っても侮辱された。最近、娘が生まれたが、彼女にも国籍はなく、自分と同様の苦しみを味わうだろう」。

俺は見知らぬ国にいる生まれつきの難民
母も見知らぬ国にいる難民
父も見知らぬ国にいる難民

俺はウガンダ生まれのウガンダ人
母はルワンダ生まれのルワンダ人
父はスーダン生まれのスーダン人

俺の言葉は英語
母の言葉はフランス語
父の言葉はアラビア語

共有しあえる文化はゼロ
共通の言葉もゼロ
母と父はブロークン・イングリッシュ
俺の英語はベリー・グッド。フランス語もアラビア語も

俺は侮辱されまくった
スーダンでは「やーい、ニャウワンダ人め」
ウガンダでは「やーい、アニャニャ人め」
ルワンダでは「やーい、キャクラガンダ人め」

一番ひどかったのはケニアにいたとき
「おまえは難民、セカンドクラスの人間」
「この変人め」、「黙ってろ」
「なんでもタダで手に入れやがって」

What do you want?, go away.
People in a meeting,
Come this afternoon, come tomorrow,
Wait not yet 9:00 a.m.,
Tomorrow; appointment expired, don't disturb.
You came looking for food, no food in your home country
You fool?

At the gate, one meets boys dressed in police uniform
Of apartheid former South Africa.
Tomorrow you may assume it is the Hitler and his Nazis
What a wonder!
It opens and closes very quickly,
Cars in and out.

Beyond the gate beautiful homes of Johannesburg city,
Nice appetizing aromas, swimming pools, a Hilton hotel.
Men and women with expectant trotter turnings,
Round face and smooth skin,
Holding telephones in their hands,
All of them are white men whether black, red or brown,
English Speaking People.

Behind the gate scanty houses of Soweto, South Africa.
Children naked with running noses, football tummies,
All of them very black with tribe marks,
An extension of about seven square miles.
When visitors come in cars and begin cameras photographing
As if a national park

「いったい何が不足なんだ？　あっち行け」
会議ばかりのお偉いさんは
「午後から来い、あした来い
朝9時前には来るな」
あしたになれば「予約はいっぱいだ」、「迷惑かけるな」
「食べ物を探しにきたのか、祖国には食べ物がないのかよ」
「おまえらアホか？」

ゲートには、警官の制服に身をかためた男たちがいる
まるで南アフリカのアパルトヘイトのようだ
明日は誰かが、あれはヒトラーとナチス？　と思うかもしれない
当然そう思うさ
ゲートが頻繁(ひんぱん)に開け閉めされ
車がしきりに出入りする

ゲートの向こうはヨハネスブルグの美しい家並み
食欲をそそるいい匂い、プール、ヒルトンホテルのようだ
軽やかな足取りの男女
ふくよかな顔となめらかな皮膚
携帯無線をかかえて
彼らはみんな白人。黒、赤、褐色だとしても
みんな英語を話す人たち

ゲートのこちら側には南アフリカ・ソウェトのような貧弱な家々が並ぶ
裸の洟(はな)たれ小僧、フットボールのような腹部
みんな部族の印をつけた黒人
およそ10キロ四方の黒人居住区
車で入ってきた訪問者は、必ずカメラを取り出す
国立公園じゃあるまいし

And my wish it gazetted.

Me a refugee in Uganda, Ethiopia and Kenya.
Uganda, Ethiopia, Kenya all Africa
Pain more and yet Africa is my home continent.
Then how come?

俺の願いを官報に載せてくれるわけじゃないだろう

俺はウガンダとエチオピアとケニアで暮らした難民
ウガンダもエチオピアもケニアも、みんなアフリカの国だ
どんなに痛めつけられようとも、アフリカ大陸は俺の故郷なんだ
それなのに、なぜ？

Out Of My Will

Yilma Tafere Tasew

I was born,
Out of my will
To this nationality,
Or to this clan.
Don't blame me,
For being from this,
Or from that race.

No-one asked my will
Before I was born
Or which clan, tribe,
I needed to belong.
Even no-one asked me
Whether I like coming
To this world or not.

In natural law,
My parents joined together
And they produced me
From their flesh, blood.
Love has no boundary,
Whether, for black or white,
For this tribe or that
It drives everyone closer
To join life together.

希望も聞かれずに

Yilma Tefere Tasew

エチオピア国籍、男性、年齢不明。小学校教師だった。対立政党の"理解者"だったため、1991年にケニアのワルダ・キャンプへ避難。'93年にカクマへ。「カネブ」(難民が出している新聞)の中心的編集者で、コミュニティ活動をはじめ、難民とUNHCR(国連難民高等弁務官事務所)との間で生活向上などのための活動を続ける。'99年、オーストラリアに移住、書き続けてきた詩を出版する。

僕は生まれてきた
希望も聞かれずに
この国に
いや、この一族に
僕を責めないでくれ
この民族だからといって
あの民族だからといって

誰も僕の希望を聞いてくれなかった
僕が生まれる前に
おい、どの氏族にするかい
どの部族にするかい
どこかに属さないといけないよ
誰ひとり僕に聞いてくれなかった
この世界に生まれたいかい、それとも生まれたくないのかい、と

自然の掟(おきて)で
僕の両親はいっしょになった
そして僕を生んだ
自分たちの血と肉から
愛に境界はない
黒かろうが白かろうが
この部族だろうがあの部族だろうが
愛があれば、どういう相手であれ仲良くなり
共に暮らすようになる

Don't abuse me
With bitterness, hatred
Because of not being
From your tribe, clan
Even if I were from
Your tribe or clan
The other one would hate me.

These days world development
Is on tribal basis
The world politics,
Not being based on political principles.
But I was born
In this century
To this situation
On the era of human stupidity.

Without my knowledge,
I was born
Out of my will!
Out of my will!
Out of my will!

僕をののしらないでくれ
手厳しい言葉や憎しみの言葉で
きみの部族でないからといって
きみの氏族でないからといって
もし僕がきみの部族の出身だったら
いや、きみの氏族だったら
また別の人が僕を憎むことになるのだから

最近、世界の発展は
部族が基盤になっている
世界政策が基盤にしているのは
政治的信条ではないのだ
だが僕は生まれてしまった
この世紀に
この状況の中に
人類の愚かさが目立つ時代に

知らないうちに
僕は生まれた
希望も聞かれずに！
希望も聞かれずに！
希望も聞かれずに！

Break The Silence

John Matik Daul Dor

You and I back together
We got the world
In the house of Religion;
Where beliefs are set
To absent the sunrise.

Sisters are gone.

The skin that talks loud,
The men that are ruthless,
In dark days or sunny,
In spring times or autumn;
Too many heads are discovered.

Brothers are gone.

Demonstration does not work
To break the silence.
Super eagle that lays mortal eggs,
You don't mind bringing shame to the entire family.

Parents are gone.

Dialogue may be cowardly
Bath and shine with the precious blood of my Ancestors
The worse that will be brought to injustice

沈黙を破ろう

John Matik Daul Dor

スーダン国籍（アッパー・ナイル・ヌエール族）、男性、21歳。1987年、戦火を逃れてエチオピアに脱出する際、父親とはぐれる。'92年にカクマへ。ここで小・中学校を終え、さまざまなコミュニティー活動に参加。2000年にオーストラリアへ移住し、パイロットの養成学校に通っている。

きみとぼくはいっしょだった
ほしいものはすべてあった
信仰を与えてくれる
屋根の下で
しかし夜明けはさらに遠くなった

姉と妹が死んでしまった

肌の色の違いがものをいった
冷酷な兵士
曇った日も晴れた日も
春も秋も
あまりにもたくさんの頭蓋骨が見つかる

兄と弟が死んでしまった

デモも状況を変えられない
沈黙を打ち破りたいのに
必滅の卵を産む大鷲（おおわし）
一族の恥が増えたってかまうものか

両親が死んでしまった

対話に頼るのは臆病すぎはしないか
ぼくの祖先の貴重な血で体を洗う
不正はさらにエスカレートしそうだ

To break the silence.
The fruits of serpents are ripening.

Relatives are gone.

Democracy will light the house;
You and I are born to live.
Neighbours don't help
You too don't have eyes to see.
I am on my feet
To break the sience.

Friends are gone.

沈黙を打ち破りたいのに
蛇(へび)がもってきた果実が熟している

親戚が死んでしまった

民主主義が家を照らしてくれるかもしれない
ぼくたちは生きるために生まれてきたんだから
でも隣人は助けてくれず
きみでさえ振り向いてくれない
ぼくにはもう自分しかいない
沈黙を破るために

友達が死んでしまった

Suffering Bear Hopes

Baguoot Lual Sylviano

Walking dark street in life, found all enveloping darkness
I saw whole of my country woke in noisy dreams and visions.

Tired where hands shame for the used of leprosy
Sunk was my body eaten
Corruption of worms, like shatter snakes.

I danced drumless beat, sung rhythmless song
Watching the stars, looking after education
Seeking for help to come.

Sitting alone, moon frown on my flight
Where could I go?
Where could I hide?
Where could I run?

I have lived prodigal life,
Reached to the silver stars
I have basked in solitude.
Felt the pain of loss,
Oh God suffering!
My younger brother
Poverty
My lovely sister
Now write out story
With tears and sorrows.

苦しみは希望とともに

Baguoot Lual Sylviano

スーダン国籍(ニゴック族)、男性、22歳。1988年、エチオピアへ避難。'92年にカクマへ。中学生として過ごし、演劇などに興味を持っていた。2001年にアメリカへ移住。高校に通っているという。

命からがら暗い道を歩いた、暗闇にすっぽり包まれて
祖国を見渡すと、夢と幻影がざわざわと迫ってきた

自分の手に愛想がつきた、ハンセン病の痕が恥ずかしい
蝕(むしば)まれた僕の体が衰弱していく
腐敗した虫、まるで粉々になったヘビのようだ

太鼓のない踊りを僕は踊った、リズムのない歌を僕は歌った
星空を見上げ、子どもたちに教えながら
救援が来るのを待ちこがれながら

たったひとりで座っていると、月が僕の「逃亡」に眉をひそめる
他のどこに行けたというのか？
他のどこに隠れられたというのか？
他のどこに逃げられたというのか？

僕は豊かな暮らしをしてきた
銀の星にも手が届いた
だが、寂しさから逃れられない
失ったつらさをひしひしと感じる
ああ、神よ、しんどいです！
僕のかわいい弟
貧困
僕の愛らしい妹
さあ、物語を書いてしまおう
涙と悲しみの物語を

カクマ難民キャンプの公式な入り口を表す国連難民高等弁務官事務所（UNHCR）の看板。その後ろには、キャンプの支援活動を担当する国際NGOの看板が立ち並ぶ。この先に、約6万5000人を収容する難民キャンプが広がっている。

Asylum

収容

Refugee Camp　難民キャンプ
国連難民高等弁務官事務所(UNHCR)は、避難民が国境を越えた時点で国際的な保護を与えている。難民の保護は主に受け入れ国に設置される難民キャンプ内で行われ、食料、住居、医療など基本的ニーズが提供される。2001年現在、東アフリカには約200万人の難民が保護されているという。

Isolation　隔離
カクマ・キャンプはナイロビからおよそ700kmの隔離された砂漠の中に位置し、その存在は地図には載っていない。難民によるキャンプからの外出は許可制となっており、キャンプ内のセキュリティーは国際機関・ケニア警察などによって管理されている。

Integration　融合
キャンプは様々な世界が複雑に交差する空間である。キャンプを運営する国際機関・団体を通して国際社会への接触、ケニア北部の遊牧民トゥルカナ族を通して現地社会との接触、そして難民の人々自身を構成する多数の異国籍、異部族との接触と融合が一度に起こる。

Never Experienced Before

Kanyinda Louis

Roger, World is one.
Hey evil prevails over good?
Two years ago, I ran away,
From my homeland, my house country.

Nowhere to go to, no choice.
Any unknown area would do.
Kakuma was my destination,
For a while or forever.

Kakuma with boiling sun,
A lot of sands, no fertile ground,
Sometimes rain, sometimes dust,
Hostile, precarious life conditions.

Great merit of Kakuma is,
Hospitality, hope, courage, endurance to all
For better future.

Kakuma with regular use,
Common words in all mouths.
All start with letter "R"
Refugee is the center of them.

Such person in needs of
Clothing, housing, nutrition, education, health, hobbies.

こんな体験をするとは

Kanyinda Louis

コンゴ国籍、男性、37歳。電気・機械工学が専門。コンゴ政府で教育、鉱山、石油貿易などの仕事に携わっていたことがある。カビラの政府（コンゴ内戦でモブツ政権を倒し、新独裁体制を築いた）への支援を拒否したため、数々の脅迫や住居不法侵入を受け、避難を決意。1998年にカクマへ。カクマでは、国際救援委員会（IRC）のロジスティック部門で〝働く〟とともに、文芸クラブの活動で詩を書いている。

ロジャー、世界は一つだ
それなのに、悪が善をねじ伏せているのはなぜ？
2年前、俺は逃げた
故郷から、祖国から

でも、行くあてはどこにもなく、選択の余地はゼロ
未知の土地に行くしかない
俺の行き先はカクマだった
一時的ですむのか、それとも死ぬまでいるのか

カクマ、灼熱の地
砂地におおわれ、肥沃な土地はゼロ
あるときは雨、あるときは砂嵐
敵意、明日のこともわからない暮らし

カクマのすばらしいところは
心のこもった歓待、希望、勇気、忍耐づよさ
今よりましな未来のために

カクマで飛び交っている言葉
みんなが口にする言葉
どういうわけか、ぜんぶ「R」で始まる
なかでも一番口にのぼるのが「難民」（Refugee）

難民は、ものを持っていない人のことだ
衣服、家、食べ物、教育、健康、趣味

Traumatic, deprived of all possessions,
Homeland, relatives.

Rations; quantity of food for refugee.
Refugee has learnt to ration,
Small food, shortage water,
Otherwise starvation avalanches him.

Ration card an important pass,
Pass required everywhere.
A gatepass in the camp.
Not easy to obtain it.

Repatriation and resettlement
Run through refugee mind.
No choice to determine his future,
Unless Godfather decides.

Sometimes Godfather is deaf.
Long stay in the camp,
Makes refugee traumatic,
Sad, mad, disillusioned, lost.

Everybody would like repatriation,
But war, disunity ravage countries.
Diseases of all sort disturb man.

Resettlement; a small door.
Many are called.

心が傷つき、すべての持ち物を奪われた人
故郷も、親族も

「割り当て」(Ration)：難民への食糧の支給
難民は節約して食べることを覚えた
食べ物もちょっぴり、飲み物もちょっぴり
そうでもしないことには、たちまち餓死だ

「配給カード」(Ration card) は大切な通行証
どこへ行くにも通行証を見せろと言われる
キャンプに入るための通行証
簡単には手に入らない

「帰還」(Repatriation) と「第三国定住」(Resettlement)
この言葉が難民の心を駆け抜ける
自分の将来も自分では決められない
国際機関が決めるのを待つしかない

ときどき、お偉いさんは難聴になるらしい
キャンプに長期滞在させられて
難民の心は深く傷つく
悲しみ、狂気、幻滅、喪失

一人残らず、帰還を切望している
それなのに、戦争と争いが祖国を破壊する
身も心も病んで、人は困惑するばかりだ

「第三国定住」(Resettlement)：狭き門
一人でも多くとは掛け声だけ

Few are selected.
Godfather's criteria not well known.

Rape common in camp.
A steep price paid by females.
Pauperizations, lack of education,
Junk-food lead youth to delinquency.

Religions waste time to compete.
"Play your pacification roles,
  Fight against immorality,
  Anti-value behaviours".

Health is better than wealth.
Kakuma death rate in top
Godfather, please rescue, rehabilitate,
People, refugees, human beings.

Refugee is it a shelter from danger,
Or a pursuit of pains, poverty.
Roger, World still one.
Let us show love, unity.

選ばれるのはごく少数だ
お偉いさんの基準はいまいち不明

「レイプ」(Rape) もキャンプでは日常茶飯事
犠牲を強要されているのは女性だ
貧困、足りない教育
インスタント食品が若者を非行に走らせる

さまざまな「宗教」(Religion) が無駄な勢力争いをしている
「紛争解決のために働きなさい
　不道徳な行為と戦いなさい
　愚かな振る舞いと戦いなさい」

健康は富よりも大切だ
カクマの死亡率はあまりにも高い
お偉いさん、助けてください、祖国に帰してください
人々を、難民を、人間を

難民とは危険からのシェルターなのか
それとも悲痛と貧困のきわみなのか……
ロジャー、世界はそれでも一つだ
我々に愛と団結を

The Voice That Gets You Nowhere

Firew Demelash

Here we are altogether
Different nationalities, 50,000 inhabitants
With indigenous people.

No matter how loud our voice is heard,
That gets nowhere.

Like the test of the world,
Abandon our homeland
Due to civil war
Natural disasters
Race and religion.

We are all together,
But alienated
In the jungle, being denied
Out serenity of being.

No matter how loud our voice is heard,
That gets nowhere.

We collect raw maize
Sorghum and oil
Every fifteen days
Nothing more, nothing much.

届かない叫び

Firew Demelash

エチオピア国籍、男性、29歳。高校生だったが、対立政党の〝理解者〟だったため、1991年にケニアのワルダ・キャンプへ避難。'93年にカクマへ。小学校の教師をしながら、文芸クラブにも参加。2000年にオーストラリアへ移住。

私たちはここにいる、いっしょくたに
国籍の違う居住者が5万人
現地の住民といっしょにいる

私たちがどんなに声を張り上げても
この声はどこにも届かない

世界の試金石のように
私たちは故郷を捨てた
内戦のせいで
自然災害のせいで
人種と宗教のせいで

私たちはいっしょにいる
それなのに互いに遠い存在だ
ジャングルの中で拒まれて
平穏な暮らしを奪われて

私たちがどんなに声を張り上げても
この声はどこにも届かない

私たちは生のトウモロコシを集める
サトウモロコシと油が
二週間に一度、与えられる
ほんのこれっぽっち、まったく足りない

No matter how loud our voice is heard,
That gets nowhere.

Such malnutrition and its consequence
Indicate medical care waiting.
A bunch have taken the long last sleep,
Women and children.
It's quite bewildering
Lives taken as negligible as domestic animals.

One thing is for sure
We are out of home
Not seeking perishable items
Nor for betterment of life.

It is due to denial of our rights
Freedom for our rights
Those ethnocentric dictators
Who could use
Our prolific labor
Our self sufficiency
Put us in a dungeon, court, death penalty.

No matter how loud our voice is heard,
That gets nowhere.

Having constructed mud-brick shelters
Covered with plastic.
A mat to lie on

私たちがどんなに声を張り上げても
この声はどこにも届かない

こういう栄養失調のせいで
医療施設は長蛇の列だ
仲間のなかには最後の長い眠りについた者もいる
女もいれば子どももいる
途方に暮れるばかりだ
命が、さながら家畜のように粗末に扱われている

ただひとつ確かなのは
私たちが故郷にいないことだ
食べ物も見つけられず
暮らしの向上も望めず

これはみんな、私たちに権利が与えられていないからだ
私たちの権利を
民族主義の独裁者が手中に収めている
私たちの権利を勝手に使っている
私たちは懸命に働いているのに
懸命に自給自足しているのに
私たちは地下牢に入れられ、裁判にかけられ、死刑の宣告

私たちがどんなに声を張り上げても
この声はどこにも届かない

確かに建ててくれたさ、土くれの煉瓦の小屋を
ビニールシートの屋根つきで
マットの上で眠れるさ

Burned by heat
Suffering harmful insects
Awaiting evil things.

Gradual elimination
Some left for good, committing suicide
Becoming insane of feeble minded.

No matter how loud our voice is heard,
That gets nowhere.

We remain innocent
Captive and isolated
From the world community
To say that we are animals in a park
Is not an exaggeration.

Concerned authority
Visiting us regularly
No dominative effect
No argument.

It is really euphemism
The world community
Our position shifted
The long and short
It is ironic

No matter how loud our voice is heard,

だが燃えるように暑く
害虫に悩まされ
次の不運を待っている

次第に死滅するだろう
自殺、永遠に去っていく者
発狂する弱りきった者たち

私たちがどんなに声を張り上げても
この声はどこにも届かない

私たちは何も知らない
閉じこめられ隔離されている
世界共同体から
私たちはいわば動物園の動物だ
大げさではなしに

心配顔の当局者が
定期的に私たちを訪ねてくる
だからといって変わることはない
議論もない

遠まわしな言い方だ
世界共同体なんて
私たちの置かれている場所は
遠すぎて、近すぎる
皮肉なことだ

私たちがどんなに声を張り上げても

That gets nowhere.

A single blanket,
One-for-two the policy
Very much annoying
Should we cut into two, or lose the coin?
Complaints
Nothing comes out preferred
How get such a matter.

No matter how loud our voice is heard,
That gets nowhere.

International community
Rescue the remaining
Those of you who are living a life
Stretch your hand
Extend assistance
Now and then
Influence for concerned.
Please don't opt
Because
Our voice is that,
That gets nowhere.

この声はどこにも届かない

一枚の毛布
二人に一枚という方針なのだ
いらだたしいことだ
自分たちで二つに裂けというのか、それとも一人はがまん？
不平がつのる
好ましいことは何ひとつない
どうしてこんなことになったのか

私たちがどんなに声を張り上げても
この声はどこにも届かない

国際社会よ
取り残された者を救助してほしい
あなた方は、まともな暮らしをしているのだから
手を伸ばしてほしい
手伝ってほしい
ときには
当局を動かしてほしい
どちらにするか迷わないでほしい
なぜなら
私たちの声は
どこにも届かないのだから

Gun Men The Refugee Pest

Atem Diing

Gun men looking for me tonight
Entering the populated hut of the poor refugees
"Money or Life" their motto
Poor refugees flat on the ground in fear
UN security along the road
Corpses in the huts
Don't I have a right to live?

Maize grain in ration distribution center
Oil and beans no where to be found
Strikes and complaints from refugees
Bullet the feed back from bribed police
Silent awarded
Point taken
Who is to be concerned!
Gun Men the Refugee Pest

ガンマン、難民の敵だ

Atem Diing

スーダン国籍、男性、29歳。

銃を持った連中が今晩も私をさがしにくる
貧しい難民の貧しい小屋に踏みこんでくる
「金を出せ、さもないと命はないぞ」連中の決まり文句
貧しい難民は恐怖のあまり地面に突っ伏す
国連のセキュリティーが道路を見まわっているのに
あの小屋にもこの小屋にも死体がころがっている
私には生きる権利もないのか？

配給センターにあるのはトウモロコシの粒だけ
油の一滴も豆の一粒も見あたらない
難民の不満がストライキへとエスカレートする
買収された警官が銃弾を撃ちこんでくる
おとなしく引き下がるしかない
おっしゃるとおりです、よーくわかりました
誰に訴えればいいのか！
ガンマン、難民の敵だ

Listen

Ruben G. Panchol's Son

Listen, all of you
There are many things
Which I don't understand
Here in the camp
Perhaps you can help me.

I don't understand
Why people always fight
Killing one another
The animal in the forest?

I don't understand
I don't see really
Why people in the camp
Hurt themselves like step-women?
And killing each other
For unreasonable cases or problems.

Tell me, our people
I am unable to see
How cubs stay alive in a lion's dirty den
While babies keep falling sick
In our clean houses
And sponsored health centers.

For I can't understand

聞いてください

Ruben G. Panchol's Son
Ruben G. Pancholの息子。詳細不明。

聞いてください、みなさん
たくさんあるんです
このキャンプには
わからないことが
あなたなら教えてくれるかもしれません

わからないんです
どうしてみんな喧嘩ばかりするのですか？
どうして殺し合うのですか？
森のなかの野獣のように

わからないんです
ほんとにわかりません
このキャンプではどうして
みんな意地悪するのですか、継母(ままはは)みたいに？
殺し合いもするんですよ
たいした理由もないのに

教えてください、同胞のみなさん
どうしてもわからないんです
ライオンの子どもたちはあんなに汚い巣穴の中で生き残れるのに
どうして人間の赤ちゃんはすぐ病気になるのですか？
清潔な家にいるのに
ヘルスセンターが責任を負っているのに

だってわからないんです

How tiny animals like rats and ants
Are able to survive for years and years
While the giant dinosaur with its large size
And great strength disappeared
From the earth's surface.

Tell me, oh tell me
If you'd like to help me
For I don't understand
What makes the natives and aliens different.

Some one must tell me
Because I can't see
Can a human being live in water
An aquatic animal on dry land?
Or can a human live in fences
While animals in houses.

I am very, very sorry
Because I don't see why
It is very hard for me to understand
Here in the camp
While I am a youth of age 19 years old.

ネズミとかアリとか、あんなちっぽけなのに
なぜ大昔から生き延びていられるのですか？
大恐竜はあんなに大きくて
すごい力持ちだったのに絶滅したでしょう
この地球上から

教えてください、ねえ、教えてください
あなたに親切心があるのなら
どうしてもわからないんです
この国に住んでる人と異国の地から来た人と、どこが違うのですか？

誰か知ってるはずです
ぼくにはわからなくても
人間は水の中で生きられますか？
水中動物は乾いた陸で生きられますか？
人間はフェンスに囲われて生きられるんですか？
ペットには家があるというのに

ぼくはとてもとても悲しいです
だってぼくには、なぜだか、どうしてもわかりませんから
このぼくには難しくてわかりません
このキャンプのことが
だって、ぼくはもう、19歳の若者なんですよ

Horizon

John Matik Daul Dor

Once upon a time
In Kakuma Refugee Camp,
I woke up late
From my new makuti thatched roof
The sun shone not promising.
My body started to BOIL
As I was standing
Next to the old Ghana Kingdom house.
Full with nitrogen peroxide.
I could not guess the weather
But a sunny day.
Balls of sweat pimples on my face
And the stream down through my cheeks.
I wonder!
What a gloomy day?

The sun that sunk
Below the horizon
Leaving me in hopelessness.

Darkness, here comes darkness
By and by
I encountered many of your friends;
Kakuma you are favorite wife
You kiss her with your rays.
That leaves trace in me.

地平線　　　　　　　　　　　　　　　　John Matik Daul Dor
→43ページ

かなり前のことだ
カクマ難民キャンプで
おれは昼近くに目をさました
マクティで葺(ふ)いた作りたての屋根から太陽が差しこむ
希望のない太陽が
体を煮えたぎらせながら
古代ガーナを思わせる家の横に
おれはたたずんだ
過酸化窒素が蔓延(まんえん)し
天気さえわからない
ただ陽差しの強い一日
玉の汗が顔に吹き出し
頬を伝って流れる
わからない！
なぜ、こんな憂鬱な一日を迎えるのか？

太陽が
地平線の下に沈む
希望を失ったおれを残して

暗闇、暗闇がやってくる
少しずつ、少しずつ
おれは、おまえの友達を大勢知っているぞ
なかでも、カクマはおまえのお気に入りの妻
おまえが光を放って彼女にキスするたびに
おれの心に爪痕が残る

She immediately pays my bill
With common cold, diarrhea
With vomiting and excessive sweat.
I went to the doctor
She was very angry
In seeing ORS, ASA
She is such a rascal.
Oh! My God,
Was I born to suffer?

The sun that sunk
Below the horizon
Leaving me in hopelessness.

I have tried to retaliate
You took me hostage,
In my damaged house
Leaving me with scale
You smeared my body.
With your rays
That my black smooth skin
Could no defy.
I urinated bloody urine
That you drink.
You suck my blood
And I could not see clearly.
Oh! My God,
How many steps
Remained to my mother land?

すると、たちまち彼女は愛想がよくなる
おれだって人並みに風邪をひき、下痢をする
嘔吐と止めどない汗に苦しむ
医者にみてもらいに行くと
彼女は薬を見てひどく怒った
ORS と ASA を見て
　　経口保水塩　　アスピリン
なんていけすかないヤツなんだ、彼女って
ああ、神よ！
おれは悩むために生まれてきたのか？

太陽が
地平線の下に沈む
希望を失ったおれを残して

おれは報復の機会をねらっているんだぞ
おまえはおれを人質にとったんだから
壊れた家の中に置き去りにされて
おれは垢だらけ
　　　あか
おまえのせいで薄汚れて
おまえの光に射すくめられて
おれの黒く滑らかな皮膚は
反抗すらできない
おれの血の小便を
おまえは飲む
おれの血をおまえは吸う
おれの眼はかすんでしまったよ
おお、神よ
あと何歩で
おれは祖国にたどりつけるのか？

The sun that sunk
Below the horizon
Leaving me in hopelessness.

I could not breath very well.
My body is full of lactic acid.
You have dried all trees' leaves.
Your wife Kakuma
Feeds me with fever
Headache, abdominal pain, sour throat.
And body tissues are weakened.
You have turned my house
Into volcanic mountain,
That you peep through it
As I am still.
You rise and set
In the horizon
Yet,
You have many rays
To visit us with
Sun!
Are you married to Kakuma?

The sun that sunk
Below the horizon
Leaving me in Hopelessness

Hopeless me

太陽が
地平線の下に沈む
希望を失ったおれを残して

息苦しい
おれの体は乳酸まみれ
木々の葉をおまえは一枚残らずひからびさせた
おまえの妻カクマのせいで
おれは熱を出し
頭痛、腹痛、咳に苦しむ
筋肉も神経も萎える
おまえはおれの家を
火山にしてしまった
おまえはその家を覗く
おれがじっと身を横たえている家を
おまえは地平線のかなたから昇って
地平線のかなたに沈む
それでもまた
おまえは光の束になって
おれたちのところにやってくる
太陽よ！
おまえはカクマと結婚したのか？

太陽が
地平線の下に沈む
希望を失ったおれを残して

体から、心から、魂から

With body, mind and soul

With no ambition.

She sophisticated me

With her perfumed dust

That she scooped in my body

Day and night long.

Sun!

Master of this universe

Do you have mercy?

I could not join up

With my peer group

For I look so old.

Yet only twenty one.

Spare me

For I have nothing

To do with the devastation of life

For I am morally responsible

For peaceful construction

Of generation of today and tomorrow

And self esteem

Sun!

Do you hear me?

おれの希望が消え
気力が失せる
彼女はおれをみがいてくれたのに
かぐわしく香る砂で
おれの体についたその砂を洗い流してくれたのに
昼も長い夜も
太陽よ！
宇宙の頭よ
おまえに慈悲はあるのか？
おれは仲間から
のけ者にされる
老けこんでいるから
まだ21歳なのに
おれを助けてくれ
荒廃したおれの人生には
なすすべがないのだから
今日と明日を生きる人のために
そしておれ自身の尊厳のために
平和を打ち立てる責任が
おれにはあるのだから
太陽よ！
おれの声が聞こえているのか？

Pen And Paper

Ayuen Aboui

Pen and Paper,
I asked for strength that I might achieve,
But they made me weak
And I might obey the life vine.

Pen and Paper,
I asked for health and medicine to relieve malaria and typhoid,
But I was given pen and paper to learn,
So that I might do better things in future.

Pen and Paper,
I asked for employment that I might have the better life today,
But I was given pen and paper,
So that I might be wiser.

Pen and Paper,
I asked for power that I might be happier one day,
But I was given weakness,
That I might feel the need of UNHCR still now.

Pen and Paper,
I asked for all things that I might enjoy life now,
But I was given pen and paper,
That I might enjoy all things in future on earth.

Pen and Paper,

ペン・アンド・ペーパー

Ayuen Aboui

スーダン国籍（アッパー・ナイル・ヌエール族）、男性、23歳。家は農家だった。1987年、戦火を逃れてエチオピアへ。'93年にカクマへ。中学校教育を受ける。

ペン・アンド・ペーパー、
僕は目標を達成できるように強くなりたかった
それなのに、命の蔓(つる)を伝って生きるしかない
弱い自分をあてがわれた

ペン・アンド・ペーパー、
僕はマラリアやチフスに罹(かか)らないように健康と薬がほしかった
それなのに、いまに役立つから勉強しておけと、
あてがわれたのはペン・アンド・ペーパー

ペン・アンド・ペーパー、
僕はもっといい暮らしがしたくて、すぐに雇ってほしかった
それなのに、もっと賢くなれと、
あてがわれたのはペン・アンド・ペーパー

ペン・アンド・ペーパー、
僕はいつか幸せになれるように力がほしかった
それなのに、いまだに UNHCR(国連難民高等弁務官事務所) に頼りたくなる
そんな弱さをあてがわれた

ペン・アンド・ペーパー、
僕はいま愉快に暮らせるなら、何でもいいからほしかった
それなのに、いまに何もかもうまくいくよと、
あてがわれたのはペン・アンド・ペーパー

ペン・アンド・ペーパー、

I asked but received nothing that I asked for.
But all that I hoped for
Were pen and paper.

僕がほしかったものは何ひとつもらえなかった
でも、僕が心の底からほしかったのは、
ペン・アンド・ペーパー、おまえなのさ

Dog's Life

Jacob Deng

A little food,
A little water,
A little clothing,
A little education,
A little housing.

My friends
Every dog has its own day

Treated like wild animals,
Treated like criminals,
Treated like fools,
Treated like wolves,
Treated like POWs.

My friends
Every dog has its own day

Having won the match, invective speech,
Having won the motion in debate, invective speech,
Having led the class in school, invective speech,
Having complained for its right, invective speech,
Having told the truth, invective speech.

My friends
Every dog has its own day

のら犬の暮らし

Jacob Deng

スーダン国籍（ディンカ族）、男性、21歳。1987年、戦火を逃れてエチオピアに避難。'92年にカクマへ。ここで小学校を終え、中学校に通う。「4歳のときに父が死んだ。それから10歳になるまで、母親が、自分に父親がいることを聞かせ続けてくれた。エチオピア方面に逃げ始めてから、孤児になった。何が起こったかは言いたくない」。

食べ物ちょっぴり
水ちょっぴり
服ちょっぴり
教育ちょっぴり
家ちょっぴり

友よ
のら犬にだって、その日その日があるのさ

野獣あつかい
犯罪者あつかい
バカ者あつかい
女たらしあつかい
捕虜あつかい

友よ
のら犬にだって、その日その日があるのさ

試合に勝てば、ののしりの言葉
討論に勝てば、ののしりの言葉
学校でクラス委員になれば、ののしりの言葉
権利のことでぼやけば、ののしりの言葉
本当のことをいえば、ののしりの言葉

友よ
のら犬にだって、その日その日があるのさ

Having done something good, insult follows;
Chakula bure, free food
Elimu bure, free education
Nyumbura bure, free housing
Kitu chote bure, everything free

My friends
Every dog has its own day

We did not choose to be here,
We did not do anything bad,
Nor were we sinners,
It was not our own making,
But there is time for everything.

My friends
Every dog has its own day

My friends, treat us like tame animals,
My friends, treat us like a fragile pot,
My friends, treat us like widows,
My friends, treat us like father's images,
My friends, treat us like small babies.

My friends
Every dog has its own day

You'd better talk peacefully with us,

何かいいことをすれば、たちまち侮辱
チャクラ・ブレ、ただで食べやがって
エリム・ブレ、ただで学校に行きやがって
ニュンブラ・ブレ、ただで住みやがって
キトゥ・チョテ・ブレ、何もかもただじゃないか

友よ
のら犬にだって、その日その日があるのさ

我々は来たくてここに来たんじゃない
我々は悪いことなんか何もしていない
まして罪人なんかじゃない
俺たちのせいではないんだ
でも、なんにでもいつかは終わりが来る

友よ
のら犬にだって、その日その日があるのさ

友よ、我々を飼い犬のように可愛がってくれ
友よ、我々をガラスのポットのように大事にしてくれ
友よ、我々を未亡人のように親切に扱ってくれ
友よ、我々を父親のように尊敬してくれ
友よ、我々を生まれたての赤子のように大切にしてくれ

友よ
のら犬にだって、その日その日があるのさ

もっと穏やかに話したほうがいい

You'd better talk politely with us,
You'd better wear piteous face with us,
You'd better share bitter beverages with us,
You'd better avoid threat on us.

My friends
Every dog has its own day

Love is priceless,
Courtesy is costless,
Peace is purchaseless,
Smile is priceless,
So you'd better endow us.

My friends
Every dog has its own day

もっと丁寧に話したほうがいい
もっとやさしい顔で話したほうがいい
我々にもビールを分けたほうがいい
我々を脅(おど)すのはやめたほうがいい

友よ
のら犬にだって、その日その日があるのさ

愛に金(かね)はかからない
親切に値段はない
平和は買うものではない
笑顔に金(かね)はかからない
だから、我々に与えてもらいたい

友よ
のら犬にだって、その日その日があるのさ

Laughter

Atem Dau

Ha, Ha, Ha
It is what I hear,
It's strange, do you know it?

He sits next to her,
They look at one another,
Without a word,
They burst into Ha, Ha, Ha.

It's wonderful,
It tells you,
What they feel, no one may understand.

At the end of the day,
Sit and relax,
A contented one, Ha, Ha, Ha.

It brings peace,
It makes the heart light,
And you can feel it,
Like a drug it works.

Within us it comes,
Like anger it is,
It is not bought,
I wonder if all can afford it.

わらい声　　　　　　　　　　　　　Atem Dau

ハ、ハ、ハ
声がきこえる
きいたことないな、ああいう声、君は知ってる？

彼、彼女の隣にすわったよ
目と目を見つめて
一言もしゃべらないうちに
ふたりは吹き出す、ハ、ハ、ハ

いいねえ
ああいうの
なにがそんなにおかしいのかはよくわかんないけどさ

一日の終わりに
のんびりすわって
満ち足りた顔で二人は、ハ、ハ、ハ

こっちまで和(なご)む
こっちまでうきうきしてくる
君も、いい気分になったよね？
ドラッグなみの効力があるね、あの声には

ぼくらにもできるかな
怒るのと同じくらい簡単だけど
お金じゃ買えない
みんながあんなふうに笑えるわけじゃないよ

スーダン国籍（アッパー・ナイル・ヌエール族）、男性、21歳。1987年、戦火を逃れてエチオピアのパニイド・キャンプへ。カクマへは'92年に。小学校の教師をしながら、「カネブ」（難民が出している新聞）の編集に携わっている。「スーダンでは、幼いころ北のアラブ社会で育ったので、アラビア語をしゃべることが多かった。エチオピアに避難してからは、英語を学ぶことになった。一度スーダンにもどったが、戦闘が依然として激しく、人々の間に不信感が充満する危険な場所となっていた。そこで、ケニアに来た。ケニアの文化は西側に"開いて"いると感じる。カクマで小・中学校を終えた。大学で勉強したい。一度は許可が来たのに、どこかで手続きが長引いているようで、ずっと待っている状態（その後、オーストラリアに移住決定）」。

To Me Secret

Worku Azene

Soul faints with longing for thou
I stand up in front of you,
Crying for assembly,
I was not told
You are devil or God.

Harp is tuned to mourning
Flute to the sound of wailing,
While, breathing fire.

Minutes run out for me
Life goes from bad to worse
The sun must set for me
All must be rid of me,
To say far
You are with office boy.

Since I got dark, skins grow black
Does anybody know who is she/he?

I got nothing,
Cannot see out of the prison
I have got nothing
I was not told,
Being in the camp,
To me, a secret.

私には何もわからない

Worku Azcnc

エチオピア国籍、男性、27歳。大学生だった1993年、難民となり、カクマへ。国際救援委員会(IRC)のマイクロエンタープライズで、フィールドオフィサーとして働く。

神よ、あなたを慕うあまり心が麻痺する
私はあなたの前に立ち
泣いて問いかけたが
誰も教えてくれなかった
あなたは悪魔なのか神なのか

ハープが弔いの調べを奏で
フルートが悲しみの音色を響かせる
そのかたわらで、燃えさかる火を吸いこむ

時間が刻々と流れ去る
悲しみには底がない
太陽は私のために沈むにちがいない
すべてのものから私は忘れ去られるだろう
私は遠くに向かって言う
あなたは事務所と結託している、と

心が暗くなり、皮膚が黒ずんでゆく
あなたはいったい誰なのか、教えてくれる者はいないのか？

私に残されたものは何もなく
監獄からでは何も見えず
何も与えられず
答えも得られず
ただキャンプにいるだけ
私には何もわからない

Mama Kakuma

Walela Amedin

Here the mirror is
Look yourself through it
On going deeper
Get closer
See what's underneath.

Mother Kakuma!
Don't wrinkle your face
And giggle not at it
Better face the perils of it
Does a mother as you ever exist?

You are in a monstrous zoo
A chain of misery shackles you
An irrigation of suffering avalanches on you
You are trapped by a circle of chaos.

Mama Kakuma!
Look at yourself today
The no-meeting sunstroke howls you deeper up to your bone
The reckless wind hits your bare chest
The thorns you bring up look you up
The rarest rain torrents your stout hips.

You bowed down
You prostrated

ママ・カクマ

Walela Amedin

エチオピア国籍、男性、28歳。故国ではパイロットになるための訓練を受けていた。1991年、ケニアのワルダ・キャンプに避難し、'93年にカクマへ。カクマでは小学校の教師を務め、「カネブ」(難民が出している新聞)の編集に携わっていた。'99年に突如エチオピアに帰還し、その後の消息は不明。

鏡がここにある
自分の顔を覗き見よ
ぐっとのぞき込んで
さらににじり寄って
鏡の奥を、探り見るのだ

母なるカクマ！
顔にしわを寄せてはならない
自分の顔に向かって笑ってはならない
いい顔は危険だから
このような母親が、他にいるだろうか？

母よ、おまえは恐ろしい野獣園にいる
嘆きの鎖につながれて
苦しみが怒濤のように押しよせて
おまえは混乱の檻に入れられている

ママ・カクマ！
今日自分を覗き見よ
重症の日射病が、おまえを骨の髄まで脅かしている
風がおまえのむき出しの胸に容赦なく吹きつけ
自分で育てた棘がおまえを見上げる
久しぶりのどしゃぶりがおまえのがっしりした腰をぬらす

おまえは頭を垂れた
おまえはひれ伏した

You knelt down and prayed
You called for all the angels
You summoned on all the saviours
Be it human or divine.

Mama Kakuma!
The deserted flood still rushes over your body
Your front is being eroded away
Your back is being colonized by scars
The set of lips of yours is protruded ever before
Your once shiny skin has become grey
As a donkey rolling over the ash

You let all allow to continue as before?
Or let yourself curse to what's up?
You are in endless grief
In the course of all your life
You are in the devil's zone
At the cost of other's sin

Wow, mama!
Your countless children
Oh, Mama Kakuma!
On top of them
Your countless adopted children....
The many surround your wilted breasts
As if covered with a bra
The many pull your legs apart;
Some to the front

おまえはひざまずいて祈った
おまえは大声で天使を呼んだ
おまえは救済者を片っ端からかき集めた
人間であれ神であれ

ママ・カクマ！
砂漠の洪水がいまもおまえの体に襲いかかる
おまえの腹はえぐられ
おまえの背中は入植者で傷つき
おまえはいつも口をつきだして
輝いていたおまえの肌は灰色になった
灰のなかを転げまわったロバのように

母よ、このままでいいのか？
このまま苦しみつづけると決めたのか？
おまえの悲しみには終わりがない
おまえが存在するかぎり
おまえは悪魔のなわばりにいるのだ
他人の罪のせいで

おお、ママ！
おまえには数えきれないほど子どもがいる
おお、ママ・カクマ！
おまえはその子たちを引き連れている
数えきれないほどの養子たち……
おおぜいがおまえの萎えた乳房に群がっている
まるでブラジャーのように
おおぜいがおまえの足をひっぱる
前にひっぱる者

Some to the back
Some to the left
Some to the right.

You are stumbled without tackle
You are staggering
As if to fall down over them
To crush them; to grind them.

The many clasp your wrist;
Appearing to be a wide belt
The many are on your shoulder;
Like a stripe of uniform cloth.

The many stick on your head;
Some pull your hair up
Some put it up
Some plate it
Some defecate there.

Don't ever fall down
Mama, Kakuma
Why!? How!?
Who are to be happy?

Mother Kakuma!
You always wait for left-overs
By breaking your face
You always beg

後ろにひっぱる者
　　左にひっぱる者
　　右にひっぱる者

　　おまえはタックルされてもいないのにつまずく
　　よろめく
　　みんなの上にいまにも倒れそうだ
　　押しつぶすかもしれない、ひねりつぶすかもしれない

　　おおぜいがおまえの手首を握る
　　太い帯のように連なって
　　おおぜいがおまえの肩に乗る
　　ユニフォームのストライプのように

　　おおぜいがおまえの頭に爪をたてる
　　髪をひっぱる者
　　髪を束ねる者
　　髪を染める者
　　頭の上で排便する者

　　決して倒れてはならない
　　ママ・カクマ！
　　なぜなのだ!?　どうすればいい!?
　　誰が喜ぶというのだ？

　　母なるカクマ！
　　おまえはいつも残飯を待っている
　　しかめ面をしながら
　　おまえはいつも物乞いをしている

By stretching your shivering hands
You always pray
Filled with desperation
When you move on
You do so with embarrassment.

Kakuma, mama!
You are said;
If you aren't blessed
You will never prosper
If you don't prosper
You won't exist
If you don't exist
You won't get salvation
No heaven at all!

You lousy bum!
Your being is meaningless
How long your eyes brim with tears
How hard you scratch the ground
It's your fate
It's your debt.

Halt Kakuma!
Halt for a moment
Ask yourself a question
Who is to pass through the eye of a needle?
Who is nihilist, sadist, hedonist?

震える手を精一杯のばして
おまえはいつも祈っている
絶望のどん底で
おまえはせっせと動きまわるが
常に屈辱を感じている

カクマ、ママ！
おまえは告げられた
神の恵みがなかったら
おまえは繁栄することはない
繁栄することがなければ
おまえは存在しない
存在しなければ
おまえは救われない
決して天に昇ることはないのだ

醜い浮浪者のおまえ！
おまえはこの世にいる意味などない
いくら涙を流そうと
いくら大地をひっかこうと
それがおまえの運命
それがおまえの負債

待て、カクマ！
早まってはならない
自分に問いかけてみるのだ
不可能を無理じいされているだけではないか
ニヒリストはどっちだ？　サディストは？　快楽主義者は？

Mama!

When you ask a loaf of bread

Your dress is blown up

When you ask even a drop of water

Your lips are licked

When you look up the sky

The sky remains the sky

You see what you see.

When you want to join others' circle:

Your thinness scares them

Your smell feels them vomit

Your innocence makes them despise

Your misfortune ruins their fame

Your destiny gets them ill....

Oh this is the ugliest art of the creator!

Oh! This is the fiercest invisible cannibal nature of my likeliness

Enough!!

Take the mirror away!

And go away with it!!

My image is cruel

It laughs at me being naked

My own blood is poison

It is stupor intoxicates me with no end.

My guests widen my wounds

Rather than healing them

ママ！
おまえが一切れのパンを恵んでと頼んでいるのに
おまえの服を吹きとばす者がいる
おまえが一滴の水を恵んでと頼んでいるのに
おまえの唇をなめる者がいる
おまえが空を見上げても
空はいつも空のままだ
見えるのはいつも見ている景色ばかり

おまえが人の輪に加わろうとしても
おまえのやせた体を、皆が恐れる
おまえの臭いに、皆吐きそうになる
おまえの純真さを、皆が軽蔑する
おまえの不幸が、皆の評判を悪くする
おまえの宿命が、皆を病気にする……

ああ、私は、なんて醜い生き物なんでしょう！
まあ！　私には獰猛(どうもう)な人食い人種の性(さが)が潜んでいるのかしら
もうたくさん！
鏡を隠しておくれ！
鏡を持って出てっておくれ！

鏡に映る私は残酷です
私が裸なのをあざ笑っています
私の血は毒だといっています
殺されずには終わらない幻覚を見せられているのです

私の客が私の傷を広げます
手術の仕方まで知っているというのに

I know they know how to operate
To pat here, to pinch there
To tie here, to untie there.

I know very well
I am a queen of poverty
I am heiress of ignorance
My meditators are bored of my make-up
My custodians are bothered to treat me.

Enough!
Yes enough is enough!!
Oh God!?
If blessing is unreachable
Better to change from rage to courage

Sit on your throne
Beleaguered with your messenger
Judge me now
Take my soul away
Please, take it now!

Put it in inferno
Let it creep in cinder
Let the smoke coming out be incense,
Rotate it, twist it
Roast it, fry it.

Throw it to your demons

傷を治してくれるどころか
ここをたたき、あそこをつまみ
こっちをしばり、あっちをほどき

私はよく知っています
私が貧困の女王だということも
私が無学の継承者だということも
私に心をとめてくれる人が私の化粧にうんざりしていることも
私の管理人が私のことを面倒くさがっていることも

たくさん！
ええ、もうたくさんだというのに！
おお、神様ですか？
神の恵みが届かないにしても
せめて怒りを勇気に変えてください

神よ、玉座におすわりください
あなたの使者につきまとわれているのです
いまここで、私を裁いてください
私の魂を連れ去ってください
お願いします、いま、連れ去ってください！

魂を地獄に落としてください
魂を燃えがらの中で這いまわらせ
煙から香りを立ちのぼらせ
転がしてください、ひねってください
焼いてください、揚げてください

魂を悪魔のなかに投げこんでください

The incense to light up their spirit
The roasted soul as a holy communion
Let it be!

Otherwise
Make it drown in the chilly pool
Stir it pretty well
Freeze it, crystallize it
Fortify then the hell's fence with it
Build a huge store to stock ghosts
The goal of my image's preoccupation
The expanse of the fiery territory
The depth of the icy valley
The mystique of the universe's constituency
It's a puzzle! A jigsaw game!
Preposterous!!

.....Mama, Kakuma!
Please come down
Forget yesterday
Be today
Be proud of yourself
Be what you are
Have what you have

There'll be a time for time to play a game
There'll be a time for time to turn a wheel of fortune
There'll be a time for time to humiliate
There'll be a time for time to stand still

香りが悪魔を照らすでしょう
聖体(ホスチア)のように魂を焼いてください
どうか、お願いします！

さもなければ
魂を冷たい池に沈めてください
池を充分かきまわし
凍らせ、水晶のようにしてください
強い氷は地獄のフェンス
大きな倉庫は亡霊を閉じこめておけます
私に与えられた任務が目指すもの
燃えさかる守備領域の広さ
凍りついた谷の深さ
世界を牛耳っている人たちの不可思議さ
まるでパズルです！　ジグソーパズルです！
ばかげていてお話になりません

……ママ、カクマ！
母よ、降りてきてくれ
昨日のことは忘れ
今日のことを考えるのだ
誇りをもて
自分のありのままの姿に
持っているものをなくしてはいけない

勝負に出るときがきっとめぐってくる
幸運の輪をまわすときがきっとめぐってくる
恥をかかせるときがきっとめぐってくる
静かに立ちつくすときがきっとめぐってくる

You just lurk till that time comes.

Rather, Mama Kakuma
Heed the creed
The hum sound
The rhythmic clapping
The to-and-fro dancing-like motion

Look over there!
The streak of on and off
Now and then
To the ash
Back to life
Being frozen
Back to life

A fast-whirling particle
And diminishing to nowhere
An echoing laughter
You see!?
Mama Sahara
Mama Kalihari and many others
Mothers as you

それまで、母よ、じっと待つのだ

それより、母・カクマ
耳をすましてごらん、心の声に
かすかな歌声に
手拍子に
軽やかに踊るような動きに

あそこを見よ！
光がチカチカまたたいている
ほら、ほらまた
灰に埋もれていたものが
よみがえる
凍りついていたものが
よみがえる

豆粒ほどのものがまわりながら
どこかに消えていく
幾重にもこだまする笑い声
おまえにも聞こえるか？
ママ・サハラ
ママ・カリハリ、そして他のおおぜいの母
おまえのような母たちよ

キャンプの一角にあるコミュニティーに座っていた青年たち。「このあたりには写真に撮るようなものは何もないよ」と声をかけてきた。彼らは、キャンプ生活の様々な問題について真剣に話し合っているところだった。

Suffering

苦悩

Emptiness 空虚
時がたち、緊急性が薄れたキャンプでは、変化のない日々の繰り返しが始まる。難民として生活を援助に頼るほかない彼らは、時間をもてあましながら自我と深く向き合うことを強いられている。

Nostalgia 郷愁
カクマ・キャンプの難民の多くは10年間にもおよぶキャンプ生活をしてきた。離れ離れになった家族や家の状況が分からず、常に不確実性と向き合って過ごす年月は、自分の中で故郷が次第に遠くなっていく時間でもあるという。

Struggle 苦闘
基本的人権やニーズを国際機関から保障されていても、キャンプ生活ではつらいことが多い。故郷のことを思い、現実の空虚感と闘いながら、いつ終わるとも知れないキャンプ生活を慢性的な憂鬱感が包み込んでいく。

My Inalienable Rights Violated

Jok Ayven Mabior Akuei

God gave me uniqueness,

My rights

Who dares to derange his schemata?

Life, He apportioned me

I sing poems of his

Always in awe.

No hindrance,

No barricade to entrance

No right to falsehood.

My nation maimed me.

My nation benefited me not.

Nation of majority

Prosperity of minority group

My employment right

My right to national purse string

My own bottomless purse

Violated!

Maelstrom ensued.

Born, I am to grow

Not to die in embryo

Nay to untimely death

Yea to natural death

My right to suckle biological mother

Adoption I want not.

かけがえのない権利を侵害されて

Jok Ayven Mabior Akuei

スーダン国籍、男性、年齢不明。父親は3人の妻を持ち、家畜をたくさん所有するディンカ一族の長。1983年に南北戦争が始まると、村はその影響をもろに受けた。隣人が殺されるなどして人々が逃げ始め、誰もいなくなった。そのころSPLA（ゲリラ活動）の兵士になっていた父親も、どこか遠くへ行ってしまった。'91年に一人でカクマへ。村では教育を受けていなかったが、ここで中学生として勉強を始める。その後、父親は死んだとの知らせ。自分への遺言はなかったという。

神は俺にかけがえのないものを与えてくれた
俺にさまざまな権利を与えてくれた
その壮大な計画を踏みにじっているのは誰なのか？
命を、神は俺にも与えてくれた
俺は神をたたえる詩を口ずさみ
常につつしみ怖れている
それなのに、俺には侵害をはばむための盾もなく
バリケードもなく
侵害してくる相手をまるめこむ権利もない

俺の国は俺を台無しにした
俺の国は俺のためになることを何ひとつしてくれなかった
大多数のための国なのだ
マイノリティの繁栄が
俺の就職の権利が
国家の財布の紐をにぎる俺の権利が
俺自身の底なしの財布が
侵害された！
大きな混乱が起きている

俺がこの世に生まれ育ったのは
胎児のうちに死ぬためでもなければ
不慮の死を遂げるためでもない
当然、人生を全うして自然に死ぬためだ
俺には、血のつながった母の乳を吸う権利がある
養子にはなりたくない

Oh innocent Africans worm out of defense.

All times, the Nile flows in torrents of blood.
Wind of change
Peace at home
The inalienable right
Africans demand.

My ID, ebony blackness of Africaness
Oh yea, conservation of unique, endangering species
Boundaries of race and culture
Frontier of religions and languages.
African bitterness to unlimited limitations
Entanglement in unknown mythic hey
African blackness
My inalienable ID indeed.

Better education, better history to teach
Be African
Master of self, self always
Why suppressed?
Oh deadly avaricious oppressor
Emancipation the last resort
Power to pride
Highway of freedom to stroll,
The units of measurement for peace.
Not misconceived superiority complex.
Neither nonsensical subjugation.

ああ、罪のないアフリカ人が我が身を護るすべをなくしてしまった

ナイル川には、いつも滝のような血が流れている
風向きの変化を
家庭の平和を
かけがえのない権利を
アフリカ人は切望している

俺のID（身分証明）、アフリカらしい漆黒（しっこく）
そうだ、危険にさらされた、かけがえのない種族の保持
人種と文化の境界
宗教と言語のフロンティア
限界のない限界を前にしたアフリカ人の苦しみ
得体の知れないダンスのもつれた輪
アフリカの漆黒
俺のかけがえのないID

もっとましな教育と、もっとましな歴史教育が
アフリカ人であることが
自分を自由に支配することと、いつも自分らしさを保つことが
どうして抑圧されなければならないのか？
おお、憎悪に満ちた強欲な迫害者よ
解放を、これが最後の望みだ
誇り高く生きるパワー
自由へのハイウェー
平和を実感できるさまざまな機会
まちがった優越感はもうたくさんだ
ばかげた征服ももうたくさんだ

Abhorrence Of Shame   Sileshi Wordofa

Why do you name me...
In such name,
Still I am with my culture,
Belief and nature,
Even if I am uprooted,
From the land I was sprouted.
Because of modern eclipse,
Veiled the sun...not to shine,
Darking all sides,
To let some...for pain.

I am here...
Waiting for a time,
The eclipse will unveiled,
Letting the sun...to shine,
Upon light seekers...to the very fines.

I am not here...
Neither...to pretend what I wasn't,
    And to have what I hadn't,
Nor...   to drop what I had, or
    To possess what others discarded.

Please do not break my heart,
Naming me..."you..."
While I am in myself, with my thought,

蔑まれるのはごめんだ

Sileshi Wordofa

エチオピア国籍、男性、21歳。1991年、孤児となってケニアのワルダ・キャンプに避難し、'93年にカクマへ。ここで小・中学校教育を受け、文芸クラブに所属。'96年にエチオピアに帰還したが、その後の消息は不明。

どうして俺をそんなふうに呼ぶんだい……
そんな名前で
俺だって、まだ自分の文化を背負ってるんだぞ
信念も、自分らしさもあるんだぞ
そりゃ、俺は追っぱらわれた身さ
生まれ育った国から
今はまさに日食さ
太陽がヴェールでおおわれ……輝きを失い
どこもかしこも暗闇だ
なんとかしなければ……苦悩のために

俺はここにいる……
もうちょっとの辛抱だ
日食のヴェールが取っぱらわれるはずだ
太陽を……輝かせるんだ
光を求めている人々の上に……とびきり上等な人たちの上にね

俺がここにいるのは……
まさか……自分ではない人のふりをするためじゃない
　　　　　　持っていなかったものを持つためでもない
まさか……持っているものを落とすためじゃない
　　　　　他の人が捨てたものを拾うためでもない

頼むから、俺の心をどん底に突き落とさないでくれ
俺のことを……「難民……」なんて呼ばないでもらいたい
俺の中にはちゃんと俺がいるんだから、俺の考えがあるんだから

For indisputable reality,
Not to let anybody,
To cease my personality;
... Instead ...
Call me in my real name,
As I am prestigious ...
Abhorrence of shame.

動かぬ事実ってものがあるだろう
もう誰にも
俺という人間をやめろなんて言わせない
……かわりに……
俺の本当の名前を呼んでもらう
俺は尊厳のある人間なんだから……
蔑(さげす)まれるのはごめんだ

Could I?

Admasu Girma

Could I tell on trust
Pain and Sorrow
Which bleed from cracked heart?

All about.

The stomach which shrunk
To be fasten like deflated balloon.

Countable ribs on domed chest
Both side hands
That looks like hung strings.

Slow moving jaws
Failed to crush dry grain, grain of maize.
Wondering protruded eyes
Here and there
On carved face,
As sculpture of skull
Made by famous.

Could I
Or could I not
Tell the episode
This stranger
Who insisted?

話していいのか？

Admasu Girma

エチオピア国籍、男性、28歳。高校生だった1991年、ケニアのワルダ・キャンプへ避難。'93年にカクマ・キャンプへ。キャンプの高校を卒業後、小学校で算数や理科を教えている。読書好き。最近はアートにも興味を持っているという。「自分の経験を語ることのできる言葉は、時が経つにつれて少なくなっていく」。

軽々しく話していいのか
心の亀裂(きれつ)からにじみ出た
苦しみと悲しみを

なにもかもぶちまけていいのか

ぺしゃんこになった胃袋、ふくらむ気配すらない
空気を抜かれた風船

薄い胸板に浮き出た、数えることのできるあばら骨
両腕は左右にだらりと垂(た)れ
まるで首吊りの紐(ひも)

力ない顎(あご)
穀物さえ、トウモロコシの実さえ砕けない
突き出た目
あてどなく宙をさまよう
彫(ほ)りの深い顔
まるで骸骨の彫刻
有名な彫刻になれそうだ

話していいのか
伝えられることなのか
こんなありさまを
せがまれたからといって
赤の他人に

A Dwarf Man On The Globe

Abujy Juma Oloya

I am a dwarf man on the globe,
I love people
Who look for me and learn lessons
Of self awareness.

I am a dwarf man on the globe,
Who can lead you to be
Rejected isolated worthless
And sinful in the society.

I am a dwarf man on the globe,
Who can either terminate or dismantle
Your future because of being powerful
To any colour in communities.

I am a dwarf man on the globe,
Who can head some of you to orphanage
May you have mercy on me
Because of sharing the grave at the last hour.

I remain a dwarf man on the globe.

地球儀の上の小さな細工師

Abujy Juma Oloya

スーダン国籍（エクアトリア地域の部族出身）、男性、24歳。戦火を逃れて一人でウガンダに脱出。'95年にカクマへ。ここで中学校教育を受け、JRS（イエズス会難民サービス）でカウンセラーなどを務めた。2001年2月、オーストラリアへの移住が決定。保護施設入居希望の手続きを現地で待っている。キャンプで結婚し、一児の父だが、今回の移住でばらばらになってしまう。「キャンプの若者が次々とエイズで倒れていく現状を真剣に考えている」。

わたしは地球儀の上の小さな細工師
あなたたちを愛しています
わたしに捕まり、思い知るあなたたちを
みなさん、自分を大事にしてくださいよ

わたしは地球儀の上の小さな細工師
わたしがその気になれば、あなたたちは
無視され、のけ者にされ、虫けらにされ
村のなかの悪者にされるかもしれませんよ

わたしは地球儀の上の小さな細工師
わたしの采配しだいで、あなたたちの未来は
奪われるかもしれません、つぶされるかもしれません
わたしは村の権力者、村人の皮膚の色なんて関係ありません

わたしは地球儀の上の小さな細工師
わたしの一声で、あなたたちは孤児になることだってなきにしもあらず
こんなわたしに、どうかお慈悲を
いずれ、臨終を迎えれば、同じ墓に入るのですから

でも、今はまだ、世界中でこそこそ細工を続けます

Faithful Purchase

Kuir de Garang de Kuir

In that dingy dusty doors,
Goes an adonis, today and tomorrow
Unknowingly for his fate.
Charmingly they accost him,
With smiles, sweet, melting,
But lethal,
Like thirst stricken person.
He accepts water poured on him
To quench the thirst,
He enjoys....
Weds today, ails tomorrow
And goes next tomorrow.

Next to be seen is
The bodily exposure of the done act,
Under darkness, he comes rigidly and remorsefully
To the house; Infirmary,
To enquire into the strange
Metamorphosis in his body,
The news breaks with
Unbelievable acquisition
From the done act;
Pale and weakly he looks,
Lying on his bed
To face the shameful fate
Of the bought service

信用して買ったのに

Kuir de Garang de Kuir

スーダン国籍（アッパー・ナイル族）、男性、20歳。家族と暮らしていたが、1987年、戦火を逃れてエチオピアへ。ここで学校に通い、'91年にスーダンへ戻るが、'95年にカクマへ。NGOの提供する教育を受けている。

あの古くていかめしい扉のなかに
美青年がひとり入っていく
今日と明日の結末も知らずに
魅力に満ちた女たちが彼に話しかける
甘い、とろけるような笑顔で
だが、死にいたらしめる笑顔
渇きに苦しむ人のように
彼は注がれた水を受けとり
渇きを癒す
彼はほのぼのとして……
今日結ばれ、明日病に倒れ
そのまま翌日も

やがて眼にするのは
取り消すことのできない行為に生身で蝕(むしば)まれていく体
闇のなかで彼は身をこわばらせ、後悔にかられる
かけこんだ先は診療所
検査に次ぐ検査
予想もしなかった体調の変化
告げ明かされたのは
信じがたい結果
原因はあの欺瞞(ぎまん)に満ちた行為
生気をなくし弱り果て
彼は病の床に伏せる
直面するのは恥ずべき運命
もてなしを買い

Which buys his life
Life producer becomes the life taker.

Taken and never seen again,
By bought kisses and smiles,
He was taken in indulgence,
Taken and never seen again,
They started and he followed them
To the walls of confidential spiritual existence.

Opened to us is the grave of the mind,
Hard to turn to
The right course and away
From the dreadful act.
Enjoying warmth and love
Of nine day wonder-bought,
And later enjoyed by the same
To unknown end.
You restraint of dare eat
The fruit, fruiting from
The bought and done act.
And fate of the day's
"WEDDING!"

そのもてなしに命を買い取られた
命を生み出す者が命を奪う者になった

奪われ、もう二度と見ることはない
買い取った接吻と笑顔のせいで
欲望のなかで奪われた
奪われ、もう二度と見ることはない
女たちが先にたち、彼はついていった
秘密の壁の中の神秘的な世界へ

我々を待っているのは心の墓
難しいだろう
正しい道に戻り
恐ろしい行為から離れるのは
思いやりと愛にほのぼのとして
すばらしいものを買い取った九日間
そしてその後は永遠に
未知の世界の果てまで踊らされる
食べるのは慎むべし
あの果実を、あれは
買いとった欺瞞の行為の果実だ
そしてあの日の
"結婚"の結末だ

His Hero

Majok Makuei

He is an orphan,
Whose hero lost.
Apart from birth,
Dignity devalue.
    Train tree when it is young.

None of them
Sympathise with
Him of being alone.
    Train tree when it is young.

He is a servant of other heroes,
Deafening his ears,
He is unkind of all.
    Train tree when it is young.

The puzzlement and grief of losing,
His hero lead
Him nowhere indeed.
    Train tree when it is young.

Problem-solving
Skills is lacking,
Self determination is
A key feel at home.
    Train tree when it is young.

彼のヒーロー

Majok Makuei

スーダン国籍(ディンカ族)、男性、20歳。2歳のときに父親を殺される。1987年、戦火を逃れてエチオピアに脱出。エチオピアの政情が悪化したため、'91年にスーダンを通ってケニアへ。途中で泊まった町にもすぐに爆撃が始まった。'92年にカクマへ。ここで中学校を卒業。「エチオピアの難民キャンプで、UNHCR(国連難民高等弁務官事務所)に初めて人間らしく扱われたのを覚えている。UNHCRは、スーダン人全員に人権があることを教えてくれた」。

彼は孤児だ
ヒーローに見捨てられ
生を授かったときから
尊厳が減りつづけた
  木は、若木のうちに鍛えよ

彼らのうちの誰も
同情を寄せない
ひとりぼっちの孤独な彼に
  木は、若木のうちに鍛えよ

彼は家来になった、別のヒーローたちの家来に
耳をふさぎつづける彼は
思いやりさえ知らない
  木は、若木のうちに鍛えよ

失うことの当惑と悲しみだけが
彼のヒーローが残した
ただひとつの教え
  木は、若木のうちに鍛えよ

問題解決の
力量がないから
自分の決心だけが
彼が頼る最後のカギだ
  木は、若木のうちに鍛えよ

The Original Identity

Abebe Feyissa

Whether locally integrated
Or abroad resettled
Trained and educated
Even makes a name
As big as Einstein
Uprooted is he
Unfulfilled
Displaced is he
Far removed
Like a bud so young
Cruelly grafted
To a foreign tree attached
No matter how fortune smiled at him
In the world of his dream.
A refugee is somebody in nobody
Till he returns
Back to where he belongs.
His motherland
His home.

本当の自分

Abebe Feyissa

エチオピア国籍、男性、39歳。アジスアベバ大学で心理学を専攻していた。1991年、ケニアのワルダ・キャンプへ避難。'93年にカクマへ。JRS（イエズス会難民サービス）のカウンセラーとして、心理的苦痛を抱える難民のために活動。「私はマルティ・ナショナリスト（多国籍）。肌の色や文化にかかわらず、人はみな平等だと信じている。"難民"は、故国から追い出されたこと以外は"普通の人"と同じ。そのことを、一人でも多くの人にわかってほしい」。

たしかに新しい土地になじんださ
外国に定住もさせてくれた
職業訓練や教育も受けた
アインシュタインなみの名声だって
得られるかもしれない
だが、住み慣れた土地から根こそぎ引っこ抜かれたんだ
なんともやりきれない思いで
無理やり追っ払われたんだ
こんな遠くにほっぽり出されたんだ
まだ充分に育っていないつぼみが
無惨にむしりとられ
見も知らない木に移植されたようなもんだ
そりゃ、夢の中では
幸運が微笑んでくれるさ
でも難民は、どこの誰ともみなされない
帰還するまでは
本当の居場所に戻るまでは
自分の祖国
自分の故郷

What Is love?   Sisay Mulualem

Ask of the great sun what is light
Ask what is darkness of the night
Ask what is funny of the crowd
Ask what sweetness of your kiss
Ask of yourself what beauty is.
Ask not me love. What is love?

愛?

Sisay Mulualem

偉大なる太陽に聞いてごらん、光って何なのか
聞いてごらん、夜の闇って何なのか
聞いてごらん、人々の冗談って何なのか
聞いてごらん、きみのキスがどれほど甘いか
きみに聞いてごらん、美しいってどういうことなのか
でも愛のことを俺に聞いちゃいけない。愛って何なのさ?

エチオピア国籍、男性、31歳。大学生だった。対立政党の"理解者"だったため身の危険を感じ、1991年、ケニアのワルダ・キャンプへ避難。'93年にカクマへ。サッカーが好き。カクマではビジネスをしていたようだが、詳細は不明。

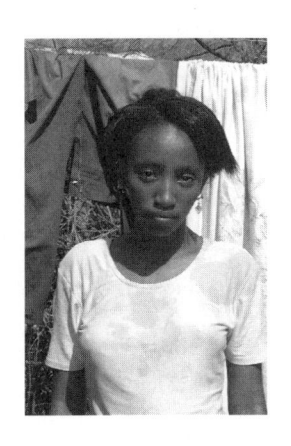

All About Life

Aain Mpoyi Tshamala

Born of a woman,
Nursed from her breast,
Like a butterfly strawing from a flower.

Days are passing
Months are passing
Just like a water fall
Which never stands still.
They keep changing
They never repeat.

He comes forth to brightness like a flower and fade away.
All flesh is as grass.
All the glory of man as the flower of the grass.
The grass withers and its flowers fall away.
As for man, his days are like grass
As a flower of the field
So he flourishes.

For the wind passes over it no more.
As water disappears from the sea
And the river becomes parched and dries up.

男の一生

Aain Mpoyi Tshamala

一人の女のもとに生まれ
その乳房のおかげで大きくなった
花の蜜を吸って成長する蝶(ちょう)のように

日々が過ぎ去る
年月が過ぎ去る
滝のように
とどまることを知らず
日々は流れつづける
二度とめぐってこない日々が

彼は、花のように光のなかに生まれ出て、枯れる
肉体はさながら緑の草
男の栄光はさながら輝く草花だ
その草は枯れ、花はしおれる
男の人生が緑の草のままだったら
野に咲く花のままだったら
男は力いっぱい活躍できたものを

花をそよがす風はもはや吹かず
海の水は枯れ果て
川も、からからに干上がっていく

コンゴ国籍、男性、33歳。1993年に難民となり、カクマへ。故国でデザイナーの仕事をしていたため、これまで、UNHCR（国連難民高等弁務官事務所）をはじめ国際援助機関のロゴなどのデザインを担当してきた。「カクマのアーチストたちで自立に向けた活動をしてきたが、キャンプではその権利は認められなかった。援助機関のためではなく、自分たちの道具を使って絵を描くのが当面の夢」。

Euthanasia

Amare Algea

The world is civilized
Advanced technologically
Reaching its climax.

In every thing in every side
In every thing in every aspect
Even death is civilized
Stripped its monstrous complexion
Its cruelty and its strength
Becomes more soft and pain less.

No more shooting
No more accident
Only by mal nutrition
Only by restricting from medics
You will die gradual death
Little by little
Day by day
You feel as if you are floating
With the floating others.

You are under Euthanasia
Under "human way of killing"
Under "mercy killing"
Under pain less dying
Under civilized dying...

安楽死

Amare Algea

エチオピア国籍、男性、37歳。医学専攻の大学生だった。1991年、ケニアのワルダ・キャンプに避難し、'93年にカクマへ。南アフリカ大学の通信教育で心理学を学んでいる。「難民生活はつらく、苦しいが、明日になれば、きっと輝くものが自分のところにくると思っている」。

世の中は進歩した
技術の発展は
極みに達した

あらゆる分野で
あらゆる局面で
そして死さえも進歩した
怪物のような形相がはぎ取られ
残忍で強引だった死は
穏やかで痛みのない死に変わる

もはや銃殺もなく
事故死もない
あるのは餓死と
医者による「操作」だけ
ゆるやかに死んでいく
少しずつ、少しずつ
いちにち、いちにち
宙に漂う心地で
仲間もいっしょに漂いながら

俺もおまえも安楽死の処置を受ける
「人道的に殺害」される
「救済」という名で「殺害」される
痛みのない死
進歩した死……

Where Am I?

Melaku Tsegaye

Where am I?
I do not know
I just move wildly.
No peace, no place and no shelters,
Just heading, where? I do not know.
Just darkness, darkness, ...
Time is heading also my age.
Just going, just going, going, and going.
Without doing? ... nothing.

Where am I?
I have no direction
Just darkness, darkness...
Uncertainty and dependency are my ways
I am voiceless and powerless.
To decide on my fate
So, where am I?
I do not know.
I feel hungry and thirsty
I don't have clothes
Just a naked, a naked...
I have been ill for many years
With the discomfort of insecurity.
My days are so painful,
My young days full of worries,
My flaming youth had faded and rusted,

おれの居場所は?

Melaku Tsegaye

エチオピア国籍、男性、38歳。ジャーナリストだったが、1997年に難民となり、カクマへ。カクマでは「カネブ」(難民が出している新聞)の編集に携わる。1999年、カナダへ移住。

おれの居場所はどこなんだ？
それがわからない
やみくもに動きまわっているだけだから
平和がない、居場所がない、避難場所がない
ただ進む、どこへ？　それがわからない
闇だけ、闇……
時間がたち、年を食う
時間だけがたっていく、たっていく、さらにたっていく
なにもせずに？……なんにもせずに

おれの居場所はどこなんだ？
それがわからない
闇だけ、闇……
見通しのたたない人頼みの人生、それがおれの道
自分の運命を決めようにも
声が上げられない、力がない
それにしても、おれの居場所はどこなんだ？
それがわからない
腹がすく、喉がかわく
着るものがない
裸で、裸で……
ずっと病気をかかえ
いつ倒れるか不安だ
おれの日々はとてつもなく苦しい
おれの青春の日々は心配ごとの山だ
おれの燃えるような若さが色あせ、腐食し

Even my nightmares and dreams are dim and dim.
Just darkness, darkness, darkness...

Where am I?
I do not know, just loss of direction.
I asked my shepherds to resettle permanently,
But they replied politically,
They told me my country is at peace,
Full of democracy,
Who is the witness I or them?
Who brought me down?
Using the ballot or the gun
I am the one who was tested,
I am the one who was tortured and suffered,
I am the one who passed through it,
I am the one who is lost,
I am an eyewitness for it.
A reply seems a partial view among the refugees.
Is that in the interests of the donors?
Or the UNHCR personnel?
I am voiceless and powerless
To decide on my fate.

Where am I?
I do not know,
Many of my friends and relatives are lost
Mothers, fathers, sisters and brothers
Are missing
I am also headed for a grave.

おれの悪夢も夢もかすんでしまった
闇だけ、闇、闇……

おれの居場所はどこなんだ？
方向を見失ったことしかわからない
羊飼いにこの国への永住を申し出たが
羊には政治的な答えしか返ってこない
おまえの祖国は平和だ
民主主義も徹底している
どっちが本当の証人なんだ、おれなのか、彼らなのか？
おれを破滅させたのは誰なんだ？
無記名投票という名目と銃を使って
おれは試練にあった人間だ
おれは拷問にかけられ傷を負った人間だ
おれはそれをくぐり抜けてきた人間だ
おれは破滅させられた人間だ
おれのほうが本当の証人じゃないか
それなのに、難民には納得できない答えが返ってくる
ドナー国のためじゃないのか？
<small>国連難民高等弁務官事務所</small>
ＵＮＨＣＲの職員のためじゃないのか？
自分の運命を決めようにも
声が上げられない、力がない

おれの居場所はどこなんだ？
それがわからない
友人も親類も破滅させられた
母、父、姉妹、兄弟
みんな行方不明だ
おれも墓に向かって進んでいる

A grave without doing nothing
In my productive age.
Now I need peace, reconciliation and harmony
I request these hardly.
Now I am a refugee
As a man and a woman,
As boys and girls as well as children.
Our golden ages march on
As simply as turning pages,
So we are breathing a black atmosphere,
As dark as desert tents
Stabbing pain is returning to our empty belly and mind.

Do not look down at us
Because of our loneliness and stateless.

なにもすることのできない墓
この若さなら、なんだってできるはずなのに
いま、おれに必要なのは平和、和解、融和
これを切望する
いま、おれは難民だ
男も、女も
男の子も、女の子も
輝く年齢が過ぎていく
ページをめくる程度の気安さで
その中で、みんな漆黒(しっこく)の空気を吸っている
砂漠に並ぶテントのような漆黒
刺すような痛みが、再びからっぽの胃と心を襲う

われわれを見下さないでほしい
われわれが孤独で祖国がないからといって

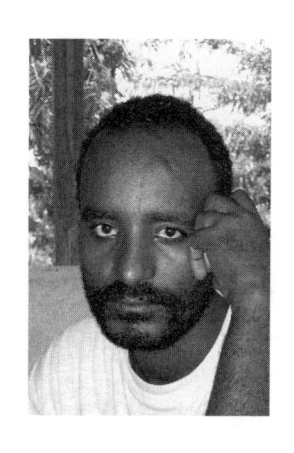

Mammy

Mayom Bul Atem

Mammy, I am dying
The maid you employed caused it all.
Look, the money you send for my education,
She uses it to send her own children to school.
Where is the money
You send for my security?
She deposits it in her bank account,
Allowing the days to bite me.
Where is the money
You send for my shelter?
She stuffs it in her pockets and throws me out of the house,
In the boiling sun and chilly nights.
Where is the money you send?
She takes it to her own family
And cooks grains of sand for me.
The medicine you send for my health,
Is her own manna from heaven.
Even water, God has given,
Is as scarce as gold in the household.

Mammy, I know you can't hear me,
For she keeps her eyes and ears everywhere.
If you come on your own,
You would not believe your dear eyes,
A mere skeleton is what your child is,
Numb and hopeless for the future.

マミー

Mayom Bul Atem

スーダン国籍（アッパー・ナイル族）、男性、20歳。父と母、3人兄弟、4人姉妹。7歳だった1988年、戦火を逃れ、両親と別れてエチオピアに脱出。一時スーダンに帰るが、徒歩でケニアに逃げ、'91年にカクマへ。「キャンプでは人も援助機関のいうことも信用しないほうがいい。難民キャンプはどこも同じだということがわかった」。小学校教師をしているものの、教えることに興味はなく、それより自分の勉強をしたいという。

マミー、ぼく、死にそうなんだ
何もかも母さんが雇ったあのメイドのせいなんだよ
あのさ、母さんが送ってくれた学費ね
あいつが自分の子どもの学費にしちゃった
母さんが万一のためにって送ってくれた金（かね）
どうしたと思う？
あいつが自分の貯金にしちゃった
ぼくを長いことだまし続けてね
母さんが家賃にしなさいって送ってくれた金
どうしたと思う？
あいつが自分のポケットに入れて、ぼくを家からつまみ出したんだ
灼熱地獄の夏の日も、底冷えのする冬の夜も
母さんが送ってくれた食費、どうしたと思う？
あいつが自分の子どもたちに食べさせて
ぼくは砂つぶの飯を食わされた
ぼくの健康を気遣（きづか）って送ってくれた薬も
あいつが天の恵みとかいって、もってっちゃったよ
水だって、神さまが用意してくれてるのに
この家ではめったに拝（おが）めない金塊なみ

マミー、ぼくの手紙は母さんには届かないんだ
だって、あいつがいつも見張ってるし、聞き耳もたててるからね
もし母さんがここに来たら
自分の目を疑うよ、きっと
母さんの息子が骸骨になっちゃったからね
将来への希望も気力も残ってない

If I were with you,
I would be healthy.
If I were with you,
I would be fat,
A symbol of your pride in public.
If I were with you,
I would be educated in a well-facilitated school,
A relief of dependence in future.
If I were with you,
You would protect me from any harm.

My dear Mom,
If you can't come, take me to where you are,
For my voice is hoarse, my lungs are bursting,
My eyes are red and the whole body shakes as I cry.
Because I am deprived, neglected and denied by
This maid, the wolf you employed.

もし母さんといっしょにいたら
ぼく、きっと健康だったろうな
もし母さんといっしょにいたら
ぼく、きっとまるまる太って
母さんの自慢のたねだったろうな
もし母さんといっしょにいたら
ぼく、設備の整った学校で勉強して
ちゃんと自立できただろうな
もし母さんといっしょにいたら
母さん、どんな危険からもぼくを護(まも)ってくれたよね

愛するママ
母さんがここに来られないなら、ぼくを母さんのところに連れ戻してほしい
だって、ぼく、声がかれて、肺は破裂しそう
泣いてばかりいるから目はまっか、体を震わせて泣いている
ぼく、身ぐるみはがれ、無視され、拒まれてるんだ
あのメイドに、母さんが雇ったオオカミに

The Element Of Education

Fowzia Ibrahim

The pen and the paper
That are the mouth of the brain
Through them which is led
With only food of it.
The education, the knowledge
That let us survive
Traveling from the earth
From planet to planet
Cruising the atmosphere to learn
About the solar systems
And the milky way as well.
But I as an indigenous
And the owner of Africa
I assume that I am unlucky youth
Of lucking a happy moment
About my life and even for my future
In all African corners
I am a refugee.
Will I end up like that?
It is likely to be so
As things are getting worse
Darker day after day
In this helpless continent
Which is kidnapped by itself.

教育の力

Fowzia Ibrahim

ソマリア国籍、女性、年齢不明。1991年にカクマへ。普段は静かな中学生。演劇クラブの女優として活躍するほか、詩やディベートが好きで、勉強にとても興味があるという。近年、カクマ・キャンプの演劇クラブは優秀で、ケニアの学校とのコンテストで優秀な成績をおさめた。しかし、クラブの支援はNGOの担当者(高村君:「編者あとがき」参照)の事故死によりその活動は下火になってしまい、つらいことが多く健康もすぐれないという。

ペンと紙
それは頭脳の口みたいなもの
それがあるから頭脳が正しく働く
それだけで考えることができる
教育と知識
それでこそわたしたちは生きていける
地球から旅に出て
惑星から惑星へ
大気の中をクルーズしながら学ぶんだ
太陽系のことや
銀河系のことを
でもわたしは現地人
アフリカのオーナー
わたしは不運な青春を過ごしてるのかもしれない
しあわせを願うだけの青春
今の暮らしにも、将来の自分にも
アフリカのどこに行ったって
わたしは難民
このまま終わるのかな?
そんな気がする
まわりは悪くなる一方で
暗い日の次にもっと暗い日がくるなかで
この無力な大陸は
自分で自分を奪い去っている

Past Whispers Yilma Tefere Tasew

Not simple, easy,
Avoidance of past memories,
I can't remove from mind.
My traditional culture,
My sentimental tortures,
The folktales of childhood,
Are in me for worse or good,
Never old, never dead,
Recorded in the back of my mind,
Crowing up in time.
In real life, wholesome,
The soft whispers of past,
It gets deep in my heart,
And they are coming out,
From store, my innerself.
Their sweet, bitter juice,
In my real life,
The tales of past generations,
Coming out for some while,
Defeating, technological science.
Coming out from my heart,
The one's buried in my heart,
Of long time ago,
The past time.
      The traditions
           Of my parents

過ぎ去った日々のささやき　　　　　　　　Yilma Tefere Tasew

→39ページ

簡単なことではない、なまやさしいことではない
過ぎ去った日々の思い出を振りはらうことは
どうしても心から離れない
故郷の習慣が
胸苦しくなるような懐かしさが
幼いころ聞いた昔話が
良きにつけ悪しきにつけ心に浮かぶ
古びもせず、死に絶えもせず
心の奥深くに刻まれ
決まった時間に声をあげる
現実のなかに、そっくりそのまま
過ぎ去った日々のやさしいささやきが
心の奥深く忍びこみ
じわじわと顔を出す
記憶のなかから、深い内面から
あまく、ほろにがい液体が
現実のなかに
幾世代も語り継がれた話が
顔を出し、しばし
勝ち誇る、科学技術を後目(しりめ)に
心からひょっこり顔を出す
心の奥深く埋めたのに
もうずっと前に
過ぎ去ったあのときに
　　　両親の
　　　　　慣れ親しんだ伝統

　　　　The traditions
　　　　　　　Of my childhood
　　　　　　　Of my school days
Which I grasped
　　　　　　From the games, rhythm
　　　　　　From the folktales, song
Cannot be eliminated.
The whispers of the past,
Always there, in the mind,
Going in and coming out,
Always there in me,
Buried wholesome,
The soft whisper of past,
Always whispering softly,
In holy days, sounding loud,
Leading me sentimental occasionally.
Reminding me my homelands,
Putting me in homesickness,
In a pain, without treatments,
In a foreign land,
For foreigners,
For refugees,
Carrying the air of homeland,
Heavy burdens,
The past whispers.

　　　　幼いころの
　　　　　　　　学校に通っていたころの
　　　　　　　慣れ親しんだ習慣
それを身につけたのは
　　　　　スポーツやダンス
　　　　昔話や歌
だからもう取りはらうことはできない
過ぎ去った日々のささやきが
いつもつきまとう、心に
顔を出したり引っ込んだり
いつもつきまとう、自分に
そっくりそのまま埋めたのに
過ぎ去った日々のやさしいささやきが
いつも静かにささやきかける
聖なる日には、ささやき声もことさら大きく
ときに、涙が出ることもある
祖国を思い出し
どんなにホームシックになっても
どんなにつらくなっても、癒す手だてはない
外国にいる
外国人には
難民には
祖国の空気を背負っていることは
あまりにも荷が重い
過ぎ去った日々のささやき

Love Is One

A.M.

My lover;
He is mine,
I am his.
Love is true.
Love is the key
To the world.
Love is one.

My lover is like
The wild flowers.
How your eyes shine
With love.
How handsome you are,
My dearest,
Love is one.

How you delight me,
Green grass is our bed.
Come then, my lover,
Let me see your lovely face,
Let me hear your voice,
We will be happy forever.
My lover
Love is one.

愛はひとつだけ   A.M.

女性。本名その他の詳細不明。

わたしの恋人
彼はわたしのもの
わたしは彼のもの
愛は真実
愛は
世界への鍵
愛はひとつだけ

わたしの恋人は、たとえて言えば
野に咲く花
なんてキラキラしてるの、あなたの眼は
愛をたたえて
なんてハンサムなの、あなたは
わたしの大切な人
愛はひとつだけ

あなたがいると、わたし、嬉しくてたまらない
緑の草がわたしたちのベッド
ねえ、来て、わたしの恋人
そのすてきな顔を見せて
その声を聞かせて
わたしたち、いつまでも幸せになれるわ
わたしの恋人
愛はひとつだけ

Request In Vain
                                              Yissac Mulatu

If something bad occurs
Everyone sinks into a mess;
With no elating news and bliss.
Should I accept the curse;
Or should I project out my troubles,
So as to be heard among the refugees.

No response came from my fellow men,
For all felt the same pain,
Which emptied my request in vain.
Still I projected out my own trouble
Even no response from the world people.
Lastly, I am blowing my own trumpet to God
Stretching my hand to the merciful Lord.
Inside me feeling great pride,
Please join me condemned citizens.
Let's entreat God to show us His mercies.

むなしい叫び

Yissac Mulatu

エチオピア国籍、男性、29歳。大学で英文学を学び、高校教師をしていた。対立政党の"理解者"だったため、1991年、ケニアのワルダ・キャンプに避難。'93年にカクマへ。小学校の教師をしながら文芸クラブに参加。キャンプ内で結婚し、'97年にアメリカへ移住。

なにか悲しいことが起きると
みんなそろって元気がなくなってしまう
良い知らせもなければ、喜びもない
この災いを受け入れるべきなのか
それとも声を大にして窮状を訴えたほうがいいのか
難民の間に伝わるように

仲間からの反応はない
みんな同じ苦しみをあじわったのだ
私の問いかけもむなしく立ち消える
それでも私は自分の窮状を訴え続ける
世界の人から何一つ答えてもらえなくても
最後に神に向かってトランペットを吹いている自分
情け深い神に手を差し出そう
心の中が誇らしさでいっぱいになる
さあ、私といっしょに手を差し出そう、人々よ
神よ、私たちにあなたの情けを顕わしてください

The Forgotten Refugee Child   Simon Diok Awai Kongor

Everywhere I go,
A stranger I am,
Because they simply say,
I am a helpless child
Already forgotten.

Even my mother would not talk to me,
As she had her own,
Legal children and husband.
Then my illegal presence stuck,
So I moved out.

I thought my father would care for me,
But as he had his own,
Legal children and wife,
I moved out.

Seeing my playmates to school,
I stayed at home
For they say all,
Money was committed illegally.
Nothing left for me,
The helpless child,
Already forgotten.

No parents at the Christmas time,

忘れ去られた難民の子

Simon Diok Awai Kongor

スーダン国籍(ディンカ族)、男性、21歳。1987年、戦火を逃れ、4ヵ月かけてエチオピアのパニイド・キャンプへ。'91年に一時帰国するが、再びケニア国境の村、ロキチョギオまで徒歩で避難。'92年にカクマへ。ここで小学校を卒業し、まもなく中学校を終える。「書くことが好きで、ジャーナリズムに興味を持っている」。

どこに行っても
ぼくはよそ者だ
みんなにこう言われるんだもの
この子はどうしようもないね
この歳(とし)で、もう忘れ去られてるんだから

母さんもぼくに話しかけてはくれなかった
なぜなら、母さんにはちゃんと子どもがいるから
法律上の子どもと夫が
法律上、無縁になったぼくに居場所はない
ぼくは飛び出した

父さんなら面倒をみてくれると思った
しかし、父さんにもちゃんと子どもがいた
法律上の子どもと妻が
ぼくは飛び出した

遊び友達が学校に行くのを見送って
ぼくは家に閉じこもった
みんなにこう言われたから
おまえの持ってるお金は合法じゃない
おまえにはもう何も残っちゃいないんだよ
この子はどうしようもないね
この歳で、もう忘れ去られてるんだから

両親のいないクリスマス

Never the Christmas presents.
No church to celebrate,
The birth of Jesus,
Where they pray
Bright peace and love on earth
And also on me.

A moment before falling to sleep,
On my refugee bed I wonder,
Why they did not take me to the court,
Why not sentenced me to death,
For being a helpless child,
Already forgotten.

クリスマスプレゼントをもらったことはない
教会は
イエス・キリストの誕生を祝い
みんなが祈っている
全世界に平和と愛を
でも、ぼくのために祈ってくれる教会はない

難民キャンプのベッドで眠りにつくとき
ぼくは考える
なぜ、あのとき、裁判にかけられなかったのだろう
なぜ、あのとき、死刑を宣告されなかったのだろう
ぼくはどうしようもない子なのに
この歳で、もう忘れ去られているのに

Who Am I?   Yifru Tekle

I was there to speak
About my vast and deep lake.
The soonest I visited and checked,
I have been the only fish
In my lake who is not selfish
Having destiny and good wish.

I need to survive charmingly
In that of my lake peacefully
I never roam simply
Unless up and down happens
Really.

I am many, now alone
My lake is already gone
Making decision of it's own
I left here in vain
With no consideration of brain.

Who am I indeed?
For the people too much blurred
Creature couldn't be understood
Seems incredible and shrewd
Unable to swim in this world.

いったい俺は誰なんだ？

Yifru Tekle

エチオピア国籍、男性、25歳。中学校を終えたあとの1991年、難民となり、'93年にカクマへ。NGOが提供するさまざまな授業を受け、'96年から小学校教師。「キャンプ暮らしはつらい。しかし、ここから出ることができない」。

あそこにいたときには
広くて深い俺の湖のことがはっきりわかっていた
ここに着くとすぐ、俺は調べまわった
魚は俺しかいなかった
あの広い湖に住む魚は
宿命と善意を兼ね備えた魚は

俺は心ゆたかに生きる必要があった
俺の湖で、心おだやかに生きる必要があった
俺は安易に場所を変えることはしない
よほどのことがないかぎり
ほんとうだ

大勢の仲間がいるのに、ひとりぼっちになった
俺の湖も消えてしまった
湖が自分で決断をくだして
俺はむなしい思いで湖を離れた
頭の中がまっ白になった

いったい俺は誰なんだ？
移動を繰り返しすぎた人々のことは
わかってもらうことはできないだろう
何も信用できない、みんな意地悪にみえる
この世の中を泳ぐことはもうできない

When Shall I See Home Country Again? Garang Juac Atem

Home knows
Who it belongs,
Land of forefathers
Remember your people,
Rise your voice, and call loudly,
Call me from exile,
And everywhere, your people have scattered.

Land, my body feels your absence,
And unforgetable home-sickness
Which have overwhelmed my hope,
Your soil fertility is what I cry for,
When shall I step on it again?

Who knows what is right?
Listen, it is real land of my ancestors,
That is where I was born and grown,
Set me free, judge right from wrongness.

My suffering has reached to the end of the world.
But Africans as deaf,
To reveal the right in the motherland.
I have nothing to hope,
But only to return home,
So that I would stand
On the graves of my forefathers again.

もういちど祖国を見られるのはいつ？

Garang Juac Atem

スーダン国籍（ディンカ族）、男性、27歳。10歳のときに父を亡くし、1987年、戦火を逃れてエチオピアへ。エチオピアでも内戦が始まったため、スーダンに戻ったが、戦闘が激しく、ケニアに脱出。'92年にカクマへ。

ふるさとは、自分が誰のものか
ちゃんとわきまえている
先祖の土地は、そこに住むべき人たちを
ちゃんと覚えている
声をあげてくれ、大声で呼んでほしい
他国で暮らしている俺を呼び戻してくれ
各地に散らばっている人たちを呼び戻してくれ

祖国よ、おまえがいない、俺の体がそう訴えてるんだ
ホームシックで、どうしても忘れられなくて
夢も希望も、もうとっくに吹っとんでしまった
おまえの肥沃な土地を、俺は大声で呼んでいる
いつになったら、もう一度あの土地を踏めるのか？

みんな、何が正義か、わかってるのか？
聞いてくれ、俺の先祖の土地なんだ
俺が生まれ育った土地なんだ
俺を自由にしてくれ、間違いを正してくれ

俺の心は、もう世界の果てまで届いている
それなのに、アフリカ人は聞く耳をもたず
祖国の間違いを正そうともしない
俺、もう希望なんてなんにもない
祖国に帰りたい、それだけなんだ
もういちど立ちたいだけなんだ
先祖の墓の上に

夕暮れ、熱気がやわらいだころのキャンプ。安全のため、日が暮れる前に自分のコミュニティーに歩いて帰らなければいけない。それまで１時間足らず、毎日サッカーをして過ごす。一日中かかる水くみに疲れていた少年たちも夢中になる。

Yearning

切望

Repatriation 帰還
国連難民高等弁務官事務所(UNHCR)は、難民の自主的帰還が難民問題の最良の対応・解決策であるとし、難民の出身国の政治情勢を伝えている。しかし、公式情報の質を疑い、複雑な心境でニュースを聞く人が多い。

Resettlement 再定住
UNHCRは、第三国再定住を対応策の一つとしている。しかし、各国の難民受け入れ数は募集者の数に比べて非常に狭い門となっている。最近、南スーダンを支援するアメリカ政府が、1991年にスーダンからやってきた通称「ロスト・ボーイズ」3000人の受け入れ、そして長年否定してきたエチオピア難民受け入れを、わずかながら始めた。

Hopes 希望
帰還することも再定住することも不可能だと分かっていても、希望はそれだけではないという。カクマにとどまる難民の人々の間では、日々の生活でどんな小さな希望でも大切にされている。

The War

Kanyinda Louis

Peaceful people are tired of you
You express the division and discrimination
Everybody recognises you as evil
But some people are very fond of you.

Where do you come from?
You have been found all over the earth
You express the selfishness and greediness
But my neighbours are satisfied of you.

When were you born?
"As soon as a living soul appeared on the earth"
You express not tolerance and not patience
But my brother encourages you

For whom have you been created?
You express the violence and the conflict
You like to be over laws, over constitution
The hearts are broken because of you.

How long will you stay amongst us?
"As long as people like one"
You express the death and the desert
My father's friend takes interest in you.

Why do you make people suffer like that?

戦争

Kanyinda Louis

→51ページ

平和を好む人々は、あんたにうんざりしてるんだ
あんた、分裂と差別そのものじゃないか
みんな、あんたこそ悪の根元と思ってるんだぞ
それなのに、あんたのこと大好きなヤツがいやがって

あんた、いったいどこから来たんだい？
あんた、地球上のあらゆるところにいるよな
あんた、わがままで貪欲(どんよく)そのものじゃないか
それなのに、俺の隣人たちはあんたに満足しやがって

あんた、いったいどこで生まれたんだい？
「命を備えた魂が地球上に現れてすぐに」
あんた、寛大さも我慢づよさも持ち合わせていないよな
それなのに、俺の兄弟はあんたのこと励ましやがって

あんた、誰のために生まれてきたんだい？
あんた、暴力と諍(いさか)いそのものじゃないか
あんた、法律も憲法も踏みつけやがって
大勢の人があんたのせいで絶望してるんだぞ

あんた、いつまで俺たちのところにいる気なんだい？
「人々が望むかぎり」
あんた、死と不毛そのものじゃないか
俺の親父の友達があんたに興味を抱きやがって

あんた、なぜ人々をこんなに苦しめるんだい？

We are very tired of you.
We claim so much against you
We are crying without taking rest
One day will be your end forever
I promise you.

俺たち、あんたにはとことんうんざりしてる
俺たち、あんたには反対しつづけてる
俺たち、休みなく叫んでるんだ
いつか、きっと、あんたに永久におさらばする日がくる
俺、あんたに約束するぜ

Homesickness

Samuel Deng Maler

Nostalgia! Nostalgia! Nostalgia!
Parental care is lacking,
Child opportunity have missed,
Education half-way, basic needs half-way,
Longing for good life has become far like the bottom of the ocean.

I look around and around to see the expected life,
Like child security and parental love,
The bad circumstances and crooked situation,
Has crowned lives.

I sit and steer my mind,
Asking myself when I am going to return to my homeland,
To chat with my friends, my age mates
And to be embraced by my parents and relatives.

Telling of stories by the elders
Dancing and singing songs,
Learning of norms, customs and taboos
Never enough for the lost culture.

Irritating views from the surrounding,
Longing for good is so far sitting always with sorrows,
Sadness and hand on the cheek.
I perceive the mighty God to give me hope and courage
To persevere the irritating situation.

ホームシック　　　　　　　　　　　　　　Samuel Deng Maler

スーダン国籍、男性、23歳。父親は家畜の世話をする農民。1987年、戦火を逃れてエチオピアのパニィド・キャンプへ避難するが、以来、両親と別れたまま。'92年に一時帰国するものの、すぐにケニアへ脱出し、カクマへ。ここで小・中学校教育を終える。「もっと勉強したいが、スポンサーがいない。だから、文芸クラブのメンバーとして詩を書いたり、詩について議論したりすることで、勉強を続けている」。

帰りたい！　帰りたい！　帰りたい！
両親に世話をやいてもらえない
子どもらしい遊びができない
学校も途中だし、必要なものも足りない
楽しい暮らしがしたいのに、それは海の底くらい遠い

なんども見まわす、まともな暮らしはないかな
たとえば子どもらしい遊び、両親の愛
でも、みじめな境遇と、ゆがんだ身の上が
みんなの暮らしの上にデンと構えている

座って、楽しいことを考える
そうだ、いつか故郷に帰れるときには
友達としゃべりまくるんだ、おなじ年頃の友達と
それから両親や親戚に抱きしめてもらうんだ

大人の話を聞こう
ダンスをしよう、歌を歌おう
きまりや習慣やタブーを教えてもらおう
でも、身につけそこなった教養はとりかえせない

周囲はやりきれない光景ばかりだ
楽しい暮らしがしたいのに、いまはしょんぼり座ることしかできない
頬をつたう悲しみをぬぐうのが精一杯
でもきっと、全能の神さまが希望と勇気を与えてくださる
このやりきれない身の上に耐えられるように

Buchi

Abebe Feyissa

Your presence made the difference.
Between life and death
Between that coldness of the bone
Down inside me
And the glow
Of the heart
Just in the middle
Of my chest.

Your presence made the difference.
When no one cared
You were there for me
Forgotten and unwanted
Rejected and abandoned
Was I before I got you
Or you got me.

Your presence made the difference
That happy bark
Reaching my ear
Was but a melody of the gods.
Your cool nose
Cooler than moonlight
Caressing my face
Was but a kiss of the heaven.
Your lick on my body

ブッチ

Abebe Feyissa

→129ページ

おまえがいるおかげで私は変われた
生と死の境目で
私のなかの
冷たい骨のはざまで
私の心のなかの
胸のなかの
胸の奥底の
輝きが変わった

おまえがいるおかげで私は変われた
みんなから見捨てられたときに
おまえがいてくれた
忘れ去られ、必要とされず
拒絶され、打ち捨てられていた
おまえが来るまでは
私のところに来てくれるまでは

おまえがいるおかげで私は変われた
あの嬉しそうな声が
私の耳に届いたとき
あれは神々の歌に聞こえたよ
おまえのひんやりした鼻づらが
月の光よりひんやりしたおまえの鼻づらが
私の顔に触れたとき
あれは天国のキスだったよ
おまえが私の体をなめたとき

Cleaning my sin,
Cleaning my soul
Was but a touch of atonement.
My stroking off your coat
Millions of times silkier
Was but a journey to the fairy land.

At the sight of me
Your expectancy
Wagging or waving your tail
Leaping upon my whole
Loving me
Knowing me
Taking me.

Buchi
You made the difference
Between life and death.

私の汚(けが)れは洗われ
私の魂は輝きをとりもどし、
あれは罪の許しの接吻だったよ
私がおまえの毛皮を撫(な)でるとき
おまえは絹よりもなめらかで
あれは妖精の国への旅だった

私の目の前で
おまえは期待をこめた眼で見つめ
しっぽを振り、激しく振り
私にとびついてきた
私のこと、好きなんだよな
私のこと、わかってくれるんだよな
私のこと、ひっぱっていくんだよな

ブッチ
おまえのおかげで変わることができた
生と死の意味が変わったんだ

De-programming Lives   Christie

i am a female, i am a male;
That they call my sex
Because of the biology that went in to make me
As a woman, i can bear children:
As a man, i produce life giving seed:
That differentiates us.

i am a woman, i have breasts.
i am a man, i have an Adam's apple and a beard
That differentiates us.

As a woman, society expects me to be "natural";
To bear and nurture children.
As a man, society programmes me,
To provide for and defend my family.
These are the things we have been taught,
Since we could say "Mama".

i am a man and i question the role society
Assigns me;
i am unable to provide in exile.
As a woman, i ask "why did life bring me here,
To negate the role of a dependent"?

Yes, i am a woman, who must start to un-learn,
And dismantle the programme in my head,

プログラムの削除

Christie

女性。本名その他の詳細不明。

自分は女、自分は男
人は無意識に自分の性をこう呼ぶ
生物学的に体のつくりがこうだから
女は、子どもを生む
男は、女に種を与えて命を生み出す
こうして私たちは区別される

自分は女、自分には乳房がある
自分は男、自分には喉仏（のどぼとけ）と髭（ひげ）がある
こうして私たちは区別される

女だから、私は社会から「当然の役割」を与えられる
子どもを生み、子どもを育てること
男だから、私は社会のプログラムを押しつけられる
家族を養い、家族を守ること
私たちはこう教えこまれた
ようやく「ママ」と言えるようになったときからずっと

自分は男、でも、まてよ
社会から課されている役割ってなに？
異境で暮らしている自分に家族なんて養えない
女として私は自問自答する、「ここに送りこまれたのはなぜ？
男を頼ってればいいんじゃなかったの？」

そうだ、自分は女、教えこまれたことを捨てなければならない女
頭の中のプログラムを削除するのだ

My "computer".

i am a man, who must allow my wife to provide.

Yes, i have some truths to learn by unlearning;

Because i am both nurturer and provider,

In this foreign land.

Yes, I will unlearn what I was taught,

And fit into a role that enables me,

To maintain myself,

As a man or as a woman.

私の「コンピューター」のプログラムを
自分は男、妻が家族を養うことも認めなければならない
そうだ、教えこまれたことを捨て去ると、真実が見える
子どもの養育、家族の扶養、私は両方やってのけている
この見知らぬ土地で

そうだ、私は教えられたことを捨て去り
私にできる役割を果たすのだ
自分自身を支えるために
男だろうが、女だろうが

Hoping For The Future
Majok Jawat

There is a time for everything
Though we are humiliated every time
But the future is waiting for us.

There is a time for everything
Though we are suffering from many diseases
But the future is waiting for us.

There is a time for everything
Though we loose the hope of going back to our own land
But the future is waiting for us.

There is a time for everything
Though we cry always due to hunger and death vainly
But the future is waiting for us.

There is a time for everything
Though we are persecuted by everybody
But the future is waiting for us.

There is a time for everything
Though we do not know what happens in our near coming future
But the future is waiting for us.

There is a time for everything
Though we are discriminated

未来のために

Majok Jawat

スーダン国籍(アッパー・ナイル・ヌエール族)、男性、18歳。1987年、戦火を逃れてエチオピアに脱出。'92年にカクマへ。中学校で勉強を続ける。「自分の本当の人生を語るのはつらい。両親と6人の兄弟がいたが、父親は殺され、母親も兄弟3人とともに死んだ。孤児であることはつらいけれど、〈いいことは2回ある〉という格言を信じる」。

なんにでも終わりがやってくる
いまのところ恥ばかりかいているが
未来はぼくらを待っている

なんにでも終わりがやってくる
いまのところさまざまな病気が蔓延(まんえん)しているが
未来はぼくらを待っている

なんにでも終わりがやってくる
いまのところ祖国に帰還できる見込みはないが
未来はぼくらを待っている

なんにでも終わりがやってくる
いまのところ飢えとむなしい死に泣かされているが
未来はぼくらを待っている

なんにでも終わりがやってくる
いまのところみんなから虐(しいた)げられているが
未来はぼくらを待っている

なんにでも終わりがやってくる
いまのところ一瞬先もわからない身だが
未来はぼくらを待っている

なんにでも終わりがやってくる
いまのところ差別されているが

But the future is waiting for us.

The future is waiting for us
Tough we are addicted to refugee life
There is a time for everything.

未来はぼくらを待っている

未来はぼくらを待っている
いまのところ難民の暮らしにどっぷりだが
誰にでも始まりがやってくる

My Dream

Sammy Wadar Lat

I have a dream,
A dream rooted deeply,
In the hopes of our people.

I still have a dream,
That one day my humble country
Will put an end to the hunger,
One day will be free from the starvation.
That will be the day we unite,
That will be the day when peace and freedom come true.

Let freedom ring from the empty stomach,
Let freedom ring from every little child,
Let freedom ring from every hut that Sudan holds.
From every country helping refugees, let freedom ring.

When this happens,
When we make Sudan a better country,
We shall look at Sudan the way we look at every other country and sing.
Free at last, Free at last,
Thank God almighty,
We are free at last.

僕の夢

Sammy Wadar Lat

スーダン国籍(アッパー・ナイル・ヌエール族)、男性、23歳。1987年、戦火を逃れてエチオピアのパニイド・キャンプへ入り、'92年にカクマへ。「両親は死んだ。スーダンに残された兄弟のうち、一人は最近カクマに到着したが、ほかの兄弟とは連絡がとれない」。

僕には夢がある
深いところに根っこがある夢だ
祖国の人々の希望に根っこがある夢だ

僕にはまだ夢がある
いまは貧しい僕の国だけど
いつか空腹が終わるはず
いつか飢えから解放されるはず
そうすれば僕たちは一つになる
そうすれば平和と自由が実現する

自由の鐘を、空っぽの胃袋から鳴らそう
自由の鐘を、幼子たちみんなで鳴らそう
自由の鐘を、スーダンのほったて小屋から鳴らそう
難民を支援するすべての国で、自由の鐘を鳴らしてもらおう

そういうことが起きてはじめて
スーダンをもっといい国にしてはじめて
僕たちはスーダンを他の国々と対等に見ることができる、歌うことができる
いつか自由になる、いつか自由になる
全能の神よ、感謝します
僕たちはいつか自由になるんだ

Yearning

Brother Mark

Life.
Here I am
Confused about,
Longing for peace and freedom.
Death, became my watch.
For me to wait for the ring finally,
Yesterday in the bush,
Today in water destitutely,
How can I stop the time?
Life.

My age mates are rejoicing
Why not me?
Give us peace
To have freedom as other nations.

Like a new born cheetah,
I was exposed out of the richest country.
Like a child fish,
I was separated from parents.
Like a winter bird,
I moved from place after places.
No mother, no father, no home,
I walk in the streams of blood like a wizard.
Yesterday life was on the mother's lap,
Tomorrow on the edge will it stand.

切望

Brother Mark

いのち
ぼくはいま
途方にくれている
喉から手が出るほど平和と自由がほしい
死、それがぼくの時計だ
やがてくるその鐘の合図を、ぼくは待っている
きのうは薮(やぶ)のなかで
きょうは食べるものに窮して水のなかで
どうすれば時を止めることができるのか？
いのち

同い年の友はみんな喜々としている
それなのに、なぜ、ぼくだけ？
平和をください
他の国のみんなのように自由になりたいんです

生まれたてのチーターのように
ぼくは豊かな国から見捨てられた
幼い魚のように
ぼくは両親から引き離された
渡り鳥のように
ぼくはこれでもか、これでもかと移動させられた
母もいない、父もいない、家もない
ぼくは魔術師のように血の川を歩く
きのう、いのちは母の膝に抱かれていた
あす、いのちは転げ落ちそうになる

スーダン国籍、男性、18歳。父親は富農で、親戚も一緒に住む大邸宅を構えていた。1988年、戦火を逃れてエチオピアの難民キャンプへ。'92年にカクマへ。ここで小学校を終える。趣味はダンスと手紙。「13～14ヵ月は歩いた。地雷や村人の敵意を避けるため、道を歩かず、水のある場所をたどりながら旅をした。持てるだけの水を持って歩いた。食料が足りなかったから、年寄りは次々に死んでいった。食料の奪い合いになったこともあった。弱った人たちは座り込んで、自ら一緒に行くことを拒んだ」。

Where is the happiness of my life?
Never been born, I wish.
Loneliness creates a dark room in life of the children.

Back in the home,
Yesterday bombed, today bombed, tomorrow bombed.
In where I hid under ground like a summer frog,
Thousand of people dying in a single day,
Children being born on the tree barks like reptiles,
Oh! Lives are in danger in my motherland.

My people,
Let us unite to evict the parasites in our land.
Eliminate conspiracy among our selves.
Pulling hands together,
Let us run after peace and freedom,
To emancipate our motherland once again.

ぼくのいのちに、幸せなんてあるのか？
いっそ生まれてこなければ……
さびしいと、子どもたちのいのちに暗い部屋ができる

故郷では
きのうも爆撃、きょうも爆撃、あすも爆撃
ぼくが夏のカエルのように地下に身をかくしているそばで
数えきれないほど死んだんだ、たったの一日で
大勢の子どもが木の上で生まれた、爬虫類のように
ああ！　ぼくの祖国ではみんな、いのちがけで生きている

同郷の仲間たち
祖国から寄生虫を追っぱらおう、力を合わせて
汚らわしい手を使うんじゃないぞ
手をとりあって
平和と自由を追いかけよう
祖国に自由をとりもどすために

Tip Of Inspiration

Mamush Bekele

Inside dust of misery
Desperation up to my neck
Bitten my drops of problem
Breathing interruption
Heart beat disconnection
Flow blood dislocation
Fear blocked my consciousness
Time pinched my younger age.

But, a tip of courage
From somewhere inside
Telling me whispering slowly
As if I will have good fate
Like groomed morning
One day sun shining.

So I persist in to shine on
With little inspiration
No reason.
No logic known.

ささやかな予感

Mamush Bekele

エチオピア国籍、男性、28歳。アジスアベバ大学で統計学を専攻していた。1991年、ケニアのワルダ・キャンプへ避難。'93年にカクマへ。中学校で算数を教える一方、通信教育でコミュニケーションと社会学を勉強する。キャンプ内で結婚し、一児の父となったが、家族はエチオピアに帰還したので、別れ別れに暮らしている。「近年、成長する息子の写真を見ながら考え込むことが多いが、いつも笑顔でいたい」。

みじめさを抱えこんでいると
絶望がこみあげてくる
絶望が僕の悩みにくらいつき
呼吸ができなくなる
心臓が拍動を止める
血液の流れが乱れる
恐怖が僕の意識を遮断する
時間がこれまでの僕を摘みとっていく

しかし、ささやかな勇気が
心の奥底から湧きあがり
僕にゆっくりとささやきかける
もしかして僕にも幸運が訪れるのだろうか
さっぱり身づくろいした朝のように
いつか太陽が輝くような気がする

だから僕はつとめて明るくふるまう
ささやかな予感を頼りにしながら
根拠のかけらもないけれど
理由のかけらもないけれど

再定住プログラムで選ばれて出発する少年。命がけで故郷を脱出し、10年間のキャンプ生活を共にした友と離れ離れになる。首都ナイロビで研修を受けたあと、アメリカへ。彼らは再定住プログラムにいる限り、故郷に戻ることはできない。

Contexts
背景

詩人たちの出身国であるスーダン、ソマリア、エチオピア、そしてコンゴの政治情勢は複雑であり、その理解には歴史的視点が欠かせない。そこで、ここでは、読者の理解をより深めていただくための素材として、ケニアとカクマ、それに詩人たちの出身国の情勢をかいつまんで記しておきたい。

　公式データや政治に関するニュースの信用性は驚くほど低いのが現状である。以下、数値に関する情報は2001年に国連難民高等弁務官事務所（UNHCR）が発表したものとし、政治情報は各国出身の難民の人々へのインタビューで確認したものを元にしている。歴史の解釈をめぐって様々な見解があり、合意に至ることはないが、ここでは〝正確〟な事実というよりも、カクマ・キャンプの難民の人々の視点が強調されていることに留意していただきたい。

Kenya ケニア
難民保護者数239,221人

　ケニアは、1963年にイギリスから独立した共和国である。政治情勢が比較的安定していたため、1966年には「1951年難民の地位に関する条約」の署名国、1981年に「1967年難民の地位に関する議定書」の署名国となって、早くから国際社会の一員として周辺国から流出する難民を受け入れてきた。

　UNHCRは、ケニアでは東部ソマリア国境付近のダダブ（Dadaab）と北部スーダン国境付近のカクマ（Kakuma）に大規模なキャンプを設置し、流入し続ける難民に対応してきた。2001年12月現在、ケニアには定住希望者を含め約24万人の難民がおり、大部分をソマリア難民（約15万人）とスーダン難民（約6万人）が占めている。

Kakuma カクマ

　カクマは、ケニア北部トゥルカナ地方にある小さな村で、スーダン国境の南約120kmに位置する。気候はセミ砂漠で、従来からトゥルカナ族の遊牧地である。1991年、スーダン内戦で増加した難民を保護するため、UNHCR

がカクマ村と隣接してキャンプを設立した。キャンプには2000年現在、約6万5000人の難民が居住しており、ケニアで第二の規模となっている。難民の国籍は8ヵ国にもおよぶが、多数はスーダン国籍で構成されている。キャンプはさらに3つのサブ・キャンプに分けられており、UNHCRとWFP(国連世界食糧計画)のほか多数の国際NGOによって食料・地下水の配給、初等教育やその他のコミュニティー活動の支援が行われている。

カクマの難民数は2000年に減少したものの、依然としてトゥルカナ地方全人口の13%以上を占める。以前から国際援助は難民に集中してきた傾向が強く、難民と現地社会との生活格差などが目立ってきた。UNHCRは現地社会への負担を減らすために、難民による牧畜を禁止し、難民の消費するマキ木を配給することを決め、近年では国際NGOによって現地のトゥルカナ族に対する食糧援助が実施されている。

カクマ・キャンプの難民出身地と難民数

出身国	2001年12月
スーダン	51,953人
ソマリア	11,501
エチオピア	1,995
ウガンダ	331
コンゴ	203
ルワンダ	177
ブルンディ	107
エリトリア	27
無国籍(注)	108
合計	66,402人

注:ソマリアから来てケニア国籍を主張するある部族のこと

しかしWFPは、この地域の厳しい自然環境によって慢性的な食糧不足が発生しているとして、配給量を減らしてきた。それに加え、発生率が高いマラリアや下痢に対する医者、薬、病院施設が不足していることなど、栄養失調で弱った難民にとって問題が絶えることはない。また、キャンプ内では女性や子どもへの暴力やレイプ事件のほか、無数の部族が混在して生活することによって生まれる部族間摩擦が問題となってきた。UNHCRは問題解決のための様々なワークショップを開催したり、キャンプ内のセキュリティー管理を近年強化したりしてきたが、難民の複雑な部族構成は把握されていないのが現状である。

難民生活が長期化する中、難民には働く権利が認められない。実際には、小銭を貯めて店を出したりしながら貯蓄を試みる人はいる。しかし、自己就職することができない多くの人々にとっては、有り余る時間の過ごし方が問

題である。若者たちには、国際NGOによって、ジェンダーや平和についてのワークショップ、スポーツ、芸術などのレクリエーション活動が援助団体によって開催されている。このほか、難民の人々によるいくつかの自立的な活動が重要な役割を果たしており、彼らは人間として尊厳のある暮らしを行う努力を続けている。

　援助機関の問題はどこにでもある。2001年には長年まかり通ってきた国際援助機関の難民を相手にした組織的腐敗が明るみに出た。ケニアでは、難民再定住認定のプロセスにおいて、難民から200ドルほどの賄賂を徴収し、2000～5000ドルで定住許可証を偽造するシステムが浸透していた。不正の噂は数年前からあったが、実際にUNHCRがUNON(国連ナイロビ事務所)に調査を依頼したのは1999年半ばであった。

　調査は2000年に終了したが、実情解明がなかったので、OIOS(国連内部監査部)に再調査が依頼された。OIOSは2000年末、オーストラリア、英国、アメリカとケニアの警察、出入国管理局の特別捜査官とともに調査を開始した。現在、UNHCR職員3人を含む計9人が裁判にかけられている。難民の人々の間では、腐敗行為はいつでも日常茶飯事であったし、外部からの継続的なチェックがないかぎり、なくなることはないという意見が多い。

　カクマの難民の多くは、このような環境ですでに10年間難民生活を送ってきており、祖国帰還を非現実的と悲観的に受け止めて生活を続けている。キャンプで生まれた子どもたちは祖国を知らず、母国語で教育が受けられない。そんな状況のもと、再定住の絶対的なオファーの少なさ、UNHCRの官僚的な再定住手続きの遅さ、そして組織的な腐敗が難民に心理的ストレスを与えてきた。近年、アメリカ政府によってスーダン難民の孤児のために再定住プログラムが始まったが、その他の国籍の人々への計画は目処が全くたっていないのが動かぬ現状である。

　2001年の夏には、わが国から森喜郎前首相と緒方貞子元国連難民高等弁務官がカクマを訪れた。一国の首相がキャンプを訪れるのは初めてで、難民の人々は新鮮味を覚えたという。森前首相はキャンプの病院の現状に思わず涙を流し、キャンプへ救急車を1台贈与したことで一躍有名になった。

Sudan スーダン

難民数合計489,505人

　アフリカ最大の国で、正式名称はスーダン共和国。人口は約3000万人。1899年からエジプトとイギリスの共同統治下におかれ、その後1924年から56年の独立までイギリスの支配下におかれた。

　独立後も度重なるクーデターと反政府ゲリラ活動で紛争は途絶えたことがないが、特に1983年から現在に至るまで19年間の大規模な国内紛争が続いている。この紛争は、北部政府であるアラブ系イスラム原理主義のNIF(National Islamic Front)と、イスラム教の浸透に対立するキリスト教／アニミズムを信仰する南部の対イスラム勢力との間の、人種と宗教の対立に由来した南北紛争である。

　北部アラブ系のイスラム教徒の先祖が現スーダン領域北部に移住してきたのは、紀元前6世紀ごろにさかのぼる。一方南部には、1830年代からヨーロッパの宣教師によってキリスト教が布教された。独立以後の南北対立は、主にイスラム教に由来する憲法やイスラム教中心の教育に対する南部の強い反感と、北部政府によるスーダン南部からの一次資源搾取をはじめ、南北の経済発展の格差などに由来してきた。

　1989年に北部政府は多党制を憲法で禁止してNIFの独裁体制を確立し、紛争はさらに激化した。南部には対抗する主要勢力のSPLA (Sudan Peoples' Liberation Army) が結成され、反政府ゲリラ活動をスーダン南部で続けている。1991年にはSPLAが組織内の勢力争いを原因に分裂し、紛争は南部の民族間対立をも含んでいる。主な民族紛争はスーダン南部の多数部族であるディンカ族と、北部と手を結んだヌエール族の間で勃発し、1998年に再びSPLAが統一されるまでの7年間続いた。当時の難民は、ケニア、エチオピアを含む周辺国へ避難し、そのうちエチオピアに避難した難民の多くは、エチオピアの内乱によりケニアに避難し、カクマへ輸送されてきた。

1999年の憲法改正で多党制の許可が実現されたものの、北部政府の独裁は続き、民主主義への道は南部勢力から悲観的に見られている。南部の小規模な部族間摩擦も絶えることはなく、南部の戦火を逃れ、これまでに無数の南部スーダン人がエチオピアとケニアに流出してきた。

　北部NIFと南部SPLAは、これまでナイロビやアディスアベバで和平会議を試み、1998年7月に休戦が結ばれた。しかし、1年間の効力が切れると同時に戦闘は再開し、現在に至るまで和平は実現していない。北部スーダンへ経済制裁を続けていたアメリカは、2001年9月11日のテロによりスーダンとの関係に緊張が高まり、現在もスーダンをテロ支援国家として南部スーダンのゲリラ活動を支援している。

　1990年代の紛争で、スーダン人約200万人が死亡したといわれる。スーダン政府は、基本的人権の侵害、外国テロリストの援助、南部スーダン人に対する民族浄化などで国連人権委員会から訴えられている。スーダン難民は多種多彩な部族から構成されており、その関係を完全に把握することは非常に難しいといわれる。

Somalia ソマリア
難民数合計493,888人

　人口約740万人。19世紀後半から1960年の独立まで、エジプト、イギリス、フランス、イタリアなどに支配されてきた。

　独立後は1969年から1991年までソマリア南部ダロッド族出身で社会主義寄りのシドバレが軍事政権を確立したが、安定した政府は存在せず、1977年から事実上の国内・国外紛争が続いた。1988年には北部アイサック族系軍閥がソマリランド共和国の独立を試みてシドバレ軍事政権との間で紛争が激化した。ソマリアには8つの主要地域に4つの主要部族が分散しており、国内地域間紛争は複雑を極める。

1990年には中部のディル族系とハウィエ族系軍閥が連帯してシドバレ政権に対して8ヵ月間戦闘を続け、それに乗じたかたちで北部のアイサック族はシドバレの占領から解放された。1991年には、北部アイサック族がソマリランドの独立を宣言した。ソマリアの残りの地域では、中部はハウィエ族とディル族によって、南部はシドバレによって分割された。しかし、1992年には中部ハウィエ族系軍閥が南部に侵攻し、シドバレはケニアに難民として逃亡した（ケニアは受け入れを拒否、ナイジェリアへの避難民となったが1994年に死亡）。

　1992年、ハウィエ族出身であったアイディードは南部でダロッド族の大量虐殺を行ったといわれる。干ばつが重なり、約20万人の命が失われたともいわれる。1992年の末に国連は3万人からなる平和維持軍を送り、国連監視下で南部のダロッド族勢力はモーガンによって統制された。1994年には、ジブチにおいてモーガンとアイディードが和平会議を行ったが合意には至らなかった。一方、死傷者が続出していた国連ソマリアミッションはその目的を達成することなく1995年に撤退した。翌年にはアイディードが再び南部に侵攻、占領し、モーガンはケニアに難民として逃亡する結果となった。その間、北部に定住する北部ダロッド族は独立運動を起こし、国際的には認識されていないものの、経済活動が始まるなど、比較的安定している。

　1995年の後半、南部紛争はさらに複雑化し、アイディードの率いるハウィエ族系軍閥は内部部族間で分裂をおこす。この紛争で劣勢だったアイディードは殺害され、その息子が父の座を受け継ぐが、政権を確立するには至らなかった。この間、大きな地域間紛争こそ勃発しなかったものの、南部では無政府状態が悪化し、もはや秩序維持の最大単位がそれぞれの村だけになった。主にソマリア難民は混乱している南部の少数民族からなり、勢力の弱い部族出身の者や女性が身の危険からケニアに逃れてきた結果である。

　ソマリアの無政府状態は国際社会から長年にわたって放置されてきたが、2000年8月にはサラドがソマリアの大統領として国連から支持され、ジブチにおいてソマリア暫定政府を結成した。しかし、国内の地方勢力のほとんどは暫定政府を支持せず、紛争が変わることなく続いている。

Ethiopia エチオピア

難民数合計58,903人

　正式名称はエチオピア民主主義人民共和国連邦。人口は5600万人でキリスト教の国である。紀元前10世紀からの文明の歴史を持つ国で、ごく短い期間（イタリア、イギリスの支配）を除いてヨーロッパ諸国の植民地を逃れた数少ない国でもある。1974年に労働党クーデターが起こるまでは、エチオピア最後の皇帝となったハイレ・セラシエが治める帝国であった。

　1960年代から70年代には、ソマリア、エリトリアとの間で紛争が繰り返された。1974年にはマルクス・レーニン主義に基づき国内でエチオピア労働党がクーデターを起こし、エチオピアは共和制となった。原因は'73年におこった干ばつの被害が大きかったことが挙げられる。続いて1987年のマルクス主義に基づく憲法改正によってエチオピア人民民主共和国が誕生し、社会主義の道を進むことになった。名目上は国家議会が存在したが、実際の権力は大統領であるメンギスツに集中した。

　その後も紛争と飢餓が続き、エチオピアからは100万人規模の難民が流出した。エチオピア北部の反政府勢力が団結し、エチオピア人民民主革命戦線（Ethiopian People's Revolutionary Democratic Front）が結成された。1991年5月にEPRDFを率いるゼナウィは、メンギスツの政府を打倒し（国外へ逃亡）、7月には新しい国民会議と暫定政府が設立された。その後1993年には新たな憲法が制定（94年実効）され、正式にエチオピア政府が発足して今日に至っている。

　一方1991年5月以降、エチオピア北部エリトリア地方で改革に参加したエリトリア人民解放戦線（Eritrean People's Liberation Front）がエリトリア地方で独立宣言、暫定政権を確立し、エリトリア―エチオピア問題が表面化していた。93年にこの暫定政権は国民投票を行い、国民全体の99.5％が独立を支持した。この国民投票後、エリトリアではEPLFのリーダーであったイ

サイアスが人民会議によって大統領に選ばれ、暫定政権は民主的な憲法が制定されるまでのものとされた。EPRDFとEPLFはメンギスツ時代に北部で同盟して反政府活動を続けていたこともあり、エチオピアの新政権はエリトリアの独立を認めた。しかし、この独立は政府上層部の決断によるもので、エチオピア国民の間では緊張が収まらなかった。

エリトリア―エチオピア紛争は、両社会主義国の概念、経済政策の相違にも由来している。1998年にはエリトリア―エチオピア紛争が再開、多くの犠牲者を出してきた。またエリトリア国境付近の部族が独立を求めて反政府活動を始め、事態は複雑化している。UNHCRの情報によると、エリトリア難民の数は現在35万人にのぼると推定されている。

D.R.Congo コンゴ民主共和国
難民数合計324,107人

1965年から1997年までザイールと呼ばれた。人口約5000万人で、面積ではアフリカ大陸で第三の国である。1870年代後半から1960年の独立まで、ベルギーの植民地であった。

コンゴの民族紛争は、他の諸国と同様、植民地時代の遺産である国境線、金やダイヤモンドなど鉱物資源の支配権に原因し、主要民族であるコンゴ族とその他3民族、そして外国軍隊の間で複雑化してきた。これまで南アフリカ、ケニア、フランス、アメリカ、ベルギーなどによる度重なるコンゴ和平に向けた仲介努力は、ほとんど成果を出せずにいる。この中で主に東部の紛争地域であるキブとキサンガニから国外に難民が流出している。

コンゴの歴史は、1960年のベルギーからの独立直後に当時の大統領ルムンバが暗殺さて以来、腐敗と紛争で長く閉ざされてきた。1965年から30年以上にわたり、腐敗で世界的に悪名高い独裁者モブツの支配下で、コンゴ（モブツがザイールと改名）経済は破綻していった。コンゴはアフリカの最貧困国

となったが、重債務国であってもモブツの私有財産は世界第三であったといわれる。

独裁体制下では、モブツに対する抵抗は絶えなかった。80年代にベルギーなど外国勢力がモブツを支持したことでいったんは安定したが、90年代に入ってから再び紛争が激化した。コンゴ東部でルワンダ軍の支持を受けたバニャムレンゲ（モブツに弾圧されてルワンダへ難民となった民族）などが、カビラの率いるコンゴ―ザイール解放民主勢力連合（Alliance of Democratic Forces for the Liberation of Congo-Zaire）に加わり、アンゴラの支持を受けながら長年にわたって反政府ゲリラ活動をしてきた。カビラの反政府勢力の構成は複雑であり、魔術を使うといわれたマイマイ族の兵士をはじめとし、様々な部族や外国兵を含むゲリラ部隊であった。反政府勢力は、反抗する部族を弾圧しながら徐々に政府軍を西に追いやり、首都キンシャサに向けて侵攻した。

1997年にモブツはガンの治療のため頻繁に出国、その年にADFLのカビラが権力を握り、当時のザイールはコンゴ民主共和国と改名された。モブツはモロッコに避難民として国外逃亡したが、翌年に死亡した。

モブツ後のコンゴはカビラの独裁のもとで、1998年8月から全土で内戦が激化した。ADFL同盟は分裂し、コンゴ東部でルワンダ、ブルンディ、ウガンダ軍の支持を受けた反政府勢力は首都キンシャサに侵攻し、カビラの握る政府軍との間で紛争が勃発した。またこの内戦には、カビラを支持するアンゴラ、ジンバブエ、ナミビアなどの外国勢力も干渉している。

ザンビアなどでの和平会議に続き、1999年7月には各地域の支配者と反政府勢力の代表者の間で休戦協定が結ばれるに至ったが、年の終わりには協定は犯され始めた。カビラの統治は膨大な国土の都市部にしかおよばず、紛争は今日まで絶えたことはない。

編者あとがき

　アメリカの高校を卒業した私は、日本の大学の入学までの時間を利用して、タイーカンボジア国境の難民キャンプへ行ってみたいと思った。犬養道子著『人間の大地』(中央公論社)とトラン・ゴク・ラン著『ベトナム難民少女の十年』(中央公論社)を読んで難民問題に関心を持ったのがきっかけだった。

　そこで、兼ねてからの知り合いがいたタイのイエズス会難民支援団体へボランティアを申し出てみた。しかし、経験のない私が突然キャンプに行くことは許されず、まずはパタヤという町でボランティア活動をすることになった。それは、私にとって非常に有意義な半年間だったのだが、国境近辺の地雷地帯のことやタイとカンボジアの経済格差のことなどを聞きながら、内心そちらに行きたかったのを我慢した時期でもあった。あきらめきれなかった私は、その2年後に、大学を休学してカンボジアとの国境地域で中学校立ち上げのボランティアをさせてもらうことになった。

　当時、カンボジア難民は帰還した後で、難民キャンプはすでに閉鎖されており、その跡地には何もなかった。「サイトⅡ」という看板がフェンスにぶら下がり、草木が茂って外からでは気がつかないほどの状態だった。それでも難民のことを調べてみようと、バンコクから送ってもらった国連難民高等弁務官事務所（UNHCR）の"Refugee（難民）"という冊子を読んだことがある。そのとき、「エチオピア難民が書いた」と記されたある詩に出会ったのである。

　それは、ケニアの難民キャンプで、作者がやることもなく座って遠くに思いを馳せていたときのことを書いた詩であった。私自身、ゆっくりと時間が流れるタイーカンボジア国境の近くで、毎日同じように昇って

は沈む太陽を一人で眺めていたので、この詩の作者と自分を重ね合わせて考えてみたのがことの始まりである。

詩と出会ってから3年後、私はメキシコの某会社で1年間インターンをしていたが、小旅行をするときにはその詩を持ち歩く習慣になっていた。その詩には、移動を繰り返す私の複雑な気持ちを自然と受け止め、同時にある種の希望を吹き込んでくれる不思議な力があると感じたからである。詩のタイトルは'All In My Thought'。この「あとがき」の末尾に、拙訳とともに掲載させていただいた。

これはカクマ・キャンプで書かれ、1995年にオーストラリアで出版された詩の一つだったのだが、私は、当時そのことをあまり意識せずに作者についての想像にふけっていた。カクマがどこにあるか全く知らなかったし、ケニアの正確な位置も怪しかった。しかし、詩を読み返すうちに thought という言葉の意味が特別に気になりはじめ、詩が私に届いたのも全くの偶然ではないのではないかという気がしてきた。いつの日か、作者に会って詩の真意を確かめたい気持ちが強くなっていった。

そんなある日、カクマで活動する「わかちあいプロジェクト」が計画するワークキャンプをインターネットで知り、メキシコから飛び入りで加えていただけることになった。突然夢が現実になりはじめて、興奮したのを覚えている。

ナイロビからカクマへ行く国際機関の関係者は、セスナを使う。私もセスナに乗せてもらいながら、作者はどんな人なのだろうと考え、内心の興奮が隠せなかった。しかし、キャンプについて1週間も経つと、詩の作者はキャンプにはすでにいないことが分かった。非常に残念だったのだが、カクマ・キャンプは人の流動性が高いと聞いていたし、彼の詩から何となく予想していたことだったので、彼の写真だけを見せてもらってそれで満足することにした。

しかし、私は彼を探す過程で、カクマ・キャンプには他にも多くの詩

人がいることを知った。偶然ではあるが、「わかちあいプロジェクト」にはオーストラリアで出版された詩集の日本語訳者である中島佳織さんがいて、詩人の集まりに連れて行ってもらった。それは、多国籍、多部族で、年齢もばらばらな有志たちから成る会合のようなものだった。私はそこで出会う詩に感動し、コミュニティー図書館の建設ボランティアをする傍ら、その世界にのめりこんでいった。

　詩人の集まりには週２日参加させてもらって、それまでに書かれた多くの詩について語り合った。日中熱くて逃げ場がないキャンプでは、夜が詩を読むのに最適である。サソリがうろつく中で、自分の足が見えなくなるほど暗い、月のない夜でも、ランタンの光の下で詩を読み合う。私にはその雰囲気がとても神秘的だったので、毎回集まりに参加し、自分でも詩を書いてみたりしながら彼らの詩に聞き入った。詩はどれも私の心に響くものだったので、ある日、思い切って以前から頭にあった出版の話をしてみることにした。

　出版に関して、当初彼らの意見は賛否両論あり、まず何よりも「何のために」ということが問題となった。私には十分信頼がないのだと、そのとき初めて実感させられた。過去何人も私のような人間がキャンプを訪れ、何かと約束をしてそのまま音沙汰なしだったことを聞かされるうちに、私は約束ができないで出版の話を始めた自分を恥じた。

　私には分からないことがキャンプにはたくさんあったが、彼らは国際援助の実情を当たり前のように知り尽くしていて、彼らの詩は彼らが書くがために外国で「売れる」という事実を敏感に受け止めていた。「売り物じゃないのに、いつも勝手に売られる」、「動物のように写真をとられる」とよく言われた。彼らの詩や絵、写真が国際援助機関の広報に頻繁に使われながらも、その目的や事実上の「売上げ」が彼らに伝えられることはない。また、そうして使われる詩には書けること、書けないことが決まっているという。さらに、現地国際機関や警察の組織的な腐敗行為が、

援助する側とされる側の間に不信感を積もらせてきた背景がある。

　そんな話し合いを繰り返した結果、本を出版するなら詩のテーマは自由とし、「自分たちでやる」ことが何よりも大切だということになった。私はセキュリティーエリア外と定められているキャンプで、許可時間をはるかに超えて彼らとの話し合いに熱中していった。私のカクマ滞在許可は2ヵ月間だけであり、それはあまりにも短いものだった。

　話を曖昧に進めて彼らの詩をもらうのは卑怯であると感じていたので、出版社が必ず見つかる自信はないが、その場合は自費出版してでもやるしかないと自分で決心した。過去にカンボジアで似たようなことを考えたことがあるが、日本に帰国すると結局何もできなかったという苦い経験が私にはあった。しかし、カクマでは何かが違うと感じた。キャンプを去った後も、不思議と詩に対する自分の熱意が冷めることはないと確信できたのである。

　それは、それだけ最初に出会ったあの詩が、時空を超えて私とキャンプを関係づけてきたからだと気づいた。あの詩を知る人々と話すとき、私はキャンプで何時間でも話せたからである。私は正直に自分の決心を彼らに伝えることで彼らと硬い握手をすることができた。そのときから本の編集はすでに始まっていたのであるが、私は小さなことでもまず彼らの参加のもと、彼らと一緒に本のイメージを作り上げてきたつもりである。

　今考えれば、この2年間、様々な困難・批判もあったが、何よりも詩を書いた彼らの「安全に持って帰って日本の一般の人々に伝えてほしい」という言葉が私をしっかり支えてくれた。カクマ・キャンプで今も生活する作者たちの一人一人が送ったメッセージが、そしてあの詩人の集まりで私が感じた新鮮味が、読者の方々の心に直接伝わったとすれば、本書に関わってきた一人として嬉しく思う。

　本書の編集の問題点はすべて私の責任にあるが、出版に至るまでキャ

ンプ外でも多くの方々のご支援をいただいた。まず「わかちあいプロジェクト」の松木傑代表、『傾いた鳥かご』の翻訳・出版者である中島佳織さんに心より感謝したい。カクマのことをよく知っていらっしゃるお二人の理解がなければ、キャンプへ行くこと、詩を集めることはできなかった。また、大阪大学大学院人間科学研究科の栗本英世先生の貴重なご助言、サセックス大学の友人たちの応援が私には非常に心強かった。本書の出版を引き受けてくださった評論社の竹下晴信社長、また編集部の吉村弘幸氏には、出版が決定した時点から編集のご指導をいただき、誠に感謝している。そしてタイで私を受け入れてくださったイエズス会のFr. Alfonso、堀内紘子さん、無理を言う私をサポートしてくれた両親、また本書の訳者としての母に心から感謝したい。

最後に、協力者の一人に、キャンプでのミッション中に無念にも亡くなった高村憲明君がいることを書かずにはいられない。彼は東京大学を卒業後、「難民の人たちの目線に立って自分でできることをやりたい」と、キャンプで2年間の活動を精力的にこなしている最中だった。時間を惜しまず、誰にでもやさしく真剣に接する、そんな彼の人間的な姿は「日本の宝」だと難民の人々から慕われていた。

2001年の夏、高村君は、難民の子どもたちをトラックに乗せて運転中、事故にあい、25歳にして再び祖国の地を踏むことなく亡くなった。しかし、その生き方は、カクマ・キャンプの難民の人々をはじめ私たち彼を知る者に、「まっすぐに生きる」という言葉の真の意味をいつまでも示してくれている。本書は、そんな高村君の理解と協力を得て実現したものに他ならず、今は亡き高村君に心より感謝したい。

2002年10月

石谷敬太

「ママ・カクマ」のホームページ　http://members.aol.com/Mamakakuma

All In My Thought — Gidi Abamegal

In front of my tilting cage,
That little hut of plastics,
So not to suffer from loneliness,
I traveled far and wide,
All in my thought.

I went back to the remote past,
Our home and its vicinities,
Grandma and her stories
Of my great-grandfather,
Those mighty warriors,
From whom I inherited
Intolerance and pride.
I traveled far and wide,
All in my thought.

I went far into the future,
Into my dreams and high hopes.
To see what was there,
Where this changeless passage of time,
Where this endless kick of my heels,
Could possibly one day lead.
I traveled far and wide,
All in my thought.

胸に秘めて　　　　　　　　　　　　　　　Gidi Abamegal（石谷敬太訳）

ひしゃげた檻（おり）のような
ビニールシートの家の前で
孤独におそわれないように
私は遠く果てしない旅をした
すべてを胸に秘めて

私は遠い昔にもどっていった
家族が住む家とふるさと
おばあさんが聞かせてくれた
曾（ひい）おじいさんの話
先祖の屈強な勇士たち
その血が私のなかに流れ
一途（いちず）な心とプライドを受け継いだ
私は遠く果てしない旅をした
すべてを胸に秘めて

私は遠い未来にさまよい出た
夢と希望の奥深くへ
そこにあったものを見つめるため
このどこまでも続く時の流れが
この踵（かかと）のたゆみなき蹴り返しが
いつの日かそこへ導いてくれるかもしれない
私は遠く果てしない旅をした
すべてを胸に秘めて

I have also traveled to eternity,
To see my soul at the end of this mess.
I traveled far and wide,
All in my thought.

It is woe to think of a day
In the realm of thought,
Dominated by the affluent and the politician.
It is woe to think of it.
For on that day,
There will be no place to take refuge.
No journey will there be
In one's own thought.

Neither police, nor boundary,
Nor citizenship and poverty,
Nor politics and creed,
Prevented my good journey.
I traveled far and wide,
All in my thought.

〈出典——"Refugee" No.105(3)：UNHCR：1996年／『傾いた鳥かご——アフリカ難民達が綴る詩と物語』わかちあいプロジェクト：1998年〉

私は永遠のかなたへも旅をした
この混沌の果て、自分の魂を見るために
私は遠く果てしない旅をした
すべてを胸に秘めて

考えただけで悲しい
あらゆる思考が
金持ちと政治家に支配される日のことを
考えるだけで苦しい
その日から
逃げる場所は失われ
旅路は消え去るだろう
胸に秘めた意志もろとも

警察も、国境も
市民権も、貧困も
政治も、信条も
私のよき旅をはばむことはなかった
私は遠く果てしない旅をした
すべてを胸に秘めて

Gidi Abamegal：エチオピア国籍。年齢は不明だが40歳代。本国では医者だったが、1992年にケニアのワルダ・キャンプへ、それからカクマへ避難してきた。'98年からナイロビのケニヤッタ大学で奨学生となり、キャンプを去る。2001年、卒業前に行方不明になったが、エリトリアでの独立復興運動へ参加するために帰還したといわれる。

訳者あとがき

　今から2年ほど前、長男敬太がケニアのカクマ難民キャンプで2ヵ月間、ボランティアとして働くことに決めたとき、私のEメールに「難民の詩を集めてみたい」という一文が唐突に飛びこんできた。そのときはまだ彼の真意がわからず、新しい趣味でもできたのかと軽く聞き流していたのだが、ボランティアの仕事も終わりに近づいたころ、「詩は順調に集まり、もう400を越えた。これを翻訳して日本で出版したい」というメールが再度送られてきて、私ははじめて彼が本気で詩を集めていること、その詩を通して難民の声を日本に伝えたいと思っていることを知ったのだった。

　その後、詩は英語で書かれていることがわかり、「翻訳を私にやらせてもらえないだろうか」と息子に申し出てみた。詩のサンプルをいくつか送ってもらい、それを訳して彼に送り返したところ、「難民の心を理解することはとても難しいと思うが、それを覚悟で訳してみてほしい」というゴーサインをもらうことができた。

　私はいそいそと翻訳にとりかかった。ひとつひとつの詩がなんとも愛おしく、毎日、感動にふるえながら翻訳を進めていった。訳し終えたものは少しずつEメールで息子に送る。すると、彼から厳しいコメントが返ってくる。作者はワイルドな中年男性と想定して訳した詩に、「やさしい感じの青年の詩だよ」といってくる。てっきり女性の詩だと思って訳したら「作者は男だ」といわれ、あわてたこともある。キャンプでは女性は幼いころから水くみに始まって様々な家事を引き受けていて忙しく、学校にも行けないという。たくさん集まった詩の中で女性のものはたった3編だった。女性の厳しい立場が垣間見え、胸が痛む。

　難民キャンプでは英語が公用語で、教育も英語で行われている。た

だ、彼らの英語は母国語ではないため、中にはつたない表現もある。どうすべきか悩んだが、彼らの生の声をまるごと受け入れることが大切だと考え、スペルの明らかな間違い以外はまったく原文をいじらずに載せてある。また、彼らの文化背景や体験は推察すらできない面も多く、行き詰まったあげく、私の貧しい想像力をフルに駆使してなんとか日本語にまとめあげたものもある。作者の心に寄り添うことの難しさをいつも痛感しながらの翻訳だったが、敬太が難民の中にとけ込んで暮らした経験から様々なアドバイスをしてくれたおかげで、難民の心の叫びを読者に伝えるお手伝いくらいはできたかと思う。

　難民の詩は、ときに激しく、ときに悲しく、ときに優しく、そしてときに気むずかしい。詩を読んでいると、私たちの中で難民への見方が否応なしに変わる。ひとくくりの集団ではなく、私たちと少しも違わない心と知性を持った難民の姿が見えてくる。この詩集を通して、難民の心の叫びが、これまではるかかなたの国でしかなかった日本にも届くように、これまであまりにも遠かったアフリカ難民の実状と心を、読者の方々が身近に感じてくださるように、そして戦争や紛争の犠牲者である難民がいつの日か自由な人生の旅に出ることができるように、カクマの難民とともに祈っている。

　2002年10月

　　　　　　　　　　　　　　　　　　　　　　　　　　　石谷尚子

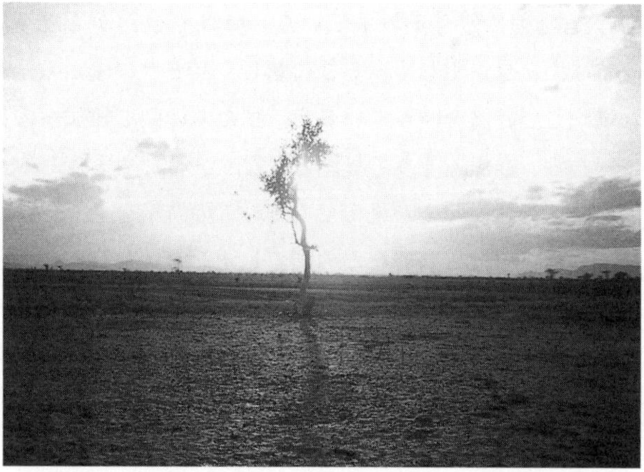

石谷敬太（いしたに・けいた）
1977年、東京生まれ。慶応義塾大学総合政策学部卒業後、英国サセックス大学開発学研究所にて開発学修了。タイで社会開発系NGOの活動を1年間経験したほか、インドやバングラデシュなどでボランティア活動に携わってきた。大学後半から1年間、日系企業でインターンをしながらメキシコに住み、ケニアのカクマ難民キャンプへボランティアとして行く機会を得る。

石谷尚子（いしたに・ひさこ）
1944年、東京生まれ。上智大学文学部英文学科卒業。翻訳家。主な訳書に、アブラハム・J・ヘシェル著『イスラエル　永遠のこだま』（ミルトス）、ジョン・バットマン著『ジュラン』（トッパン）、ジョナサン・バンキン／ジョン・ウェイレン著『超陰謀60の真実』（徳間書店）などがある。

ママ・カクマ——自由へのはるかなる旅

2002年11月20日　初版発行
2004年6月30日　2刷発行

編者　石谷敬太
訳者　石谷尚子
発行者　竹下晴信
印刷所　凸版印刷株式会社
製本所　凸版印刷株式会社

発行所　株式会社　評論社
〒162-0815 東京都新宿区筑土八幡町2-21
電話(03)3260-9401　FAX(03)3260-9408
ISBN4-566-05268-0　　　　振替 00180-1-7294

©Keita Ishitani／Hisako Ishitani 2002, Printed in Japan
落丁・乱丁本は本社にておとりかえいたします。

好評・発売中

そして、奇跡は起こった！
シャクルトン隊、全員生還

ジェニファー・アームストロング著／灰島かり訳

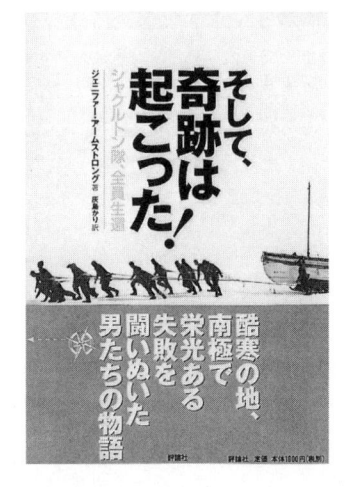

世界初の南極大陸横断に挑んだイギリスの探検家アーネスト・シャクルトン。分厚い氷と悪天候に行く手をはばまれ、大陸にさえたどりつけず、厳寒の中を漂流すること実に1年半……。しかし、隊員28名は、一人も欠けることなく生還を果たした。本書は、失敗の中から生まれた奇跡とも言える偉業を、同行したカメラマンの貴重な写真とともに綴るドキュメント。シャクルトンの卓越したリーダー・シップと隊員たちの不屈の忍耐が、心の奥にずっしりとした感動を呼ぶ。

A5判・ハードカバー・256ページ

PROTECTION AREA UNDER UNHCR